Buscadores de sueños

DIAMANTE

ISBN 978-607-97897-7-0

Mariano Escobedo No. 62, Col. Centro, Tlalnepantla Estado de México, C.P. 54000. Miembro núm. 2778 de la Cámara Nacional de la Industria Editorial Mexicana.

Tels. y fax: (0155) 55-65-61-20 y 55-65-03-33
Lada sin costo: 01-800-888-9300 EU a México: (011-5255) 55-65-61-20 y 55-65-03-33 Resto del mundo: (0052-55) 55-65-61-20 y 55-65-03-33

Correo electrónico: informes@esdiamante.com
ventas@esdiamante.com

www.ccsescritores.com
www.editorialdiamante.com

Buscadores de sueños

Adriana Bartels · Carlos Vesga · Denise Silva · Dhierich Jarwell
Eduardo Burgos · Flory Vargas · Karen Enríquez · Karen Salas
Leonela Gómez · Manuel Alquisirez · Mari Cortés
Michell Merino · Pau Treviño · Wulfran Navarro

DIAMANTE

Prólogo

Carlos Cuauhtémoc Sánchez

La muerte de mi amigo me pareció imposible. Tiene que ser una broma. Apenas ayer lo vi. Estamos haciendo proyectos juntos.

Cerré los ojos con fuerza y volví a abrirlos como si quisiera reiniciar un programa que ha caído en bucle. El comunicado en mi celular centellaba con una luz acusatoria y mustia. Letra por letra decía lo inverosímil. Mi socio había fallecido el día anterior. ¿Pero cómo? Era fuerte, entusiasta, de apenas cincuenta y tantos años. Se veía sano. ¿Tuvo un accidente? ¿Lo mataron?

Luchando contra la pesadez del pasmo, hice una llamada para comprobar la noticia. Era cierta. Fue un infarto múltiple, nocturno, en la soledad de una habitación aislada que usaba para trabajar. Cuando sintió los alfilerazos en el pecho, reptó hasta la puerta en busca de ayuda. Pero no pudo abrir. Se quedó recargado como un toro de lidia que ha recibido el espadazo final junto a las barreras.

Al día siguiente teníamos una junta importante y mi amigo no asistió; después, no contestó las llamadas. Enviamos a un grupo comisionado para buscarlo y tuvieron que empujar la puerta ante la inminencia de un peso inerte que la obstruía.

Acudí al sepelio como flotando en una densa neblina de estupefacción. Sentía esa extraña mezcla de miedo y tristeza que nos sobreviene cuando estamos frente a un evento incomprensible. Me dolía la pérdida de un amigo como los que hay pocos, pero me espeluznaba la conciencia de que en su ataúd podía estar yo… ¿Por qué no? Éramos muy parecidos. Ambos empresarios, hombres de familia, de la misma edad, colegas de oratoria y compañeros de deporte. ¿Por qué sus proyectos habían sido cortados de tajo mientras que los míos seguían en pie? ¿Qué méritos, qué diferencia, qué virtudes nos separaban en ese velatorio? Nada tangible. Solo la soberanía de un Ser Supremo que toma decisiones con una visión distinta.

La gente lloró mucho esa noche. Él dejó hijos jóvenes en plena formación; dejó una esposa brillante y amorosa. Clientes, empleados, discípulos y amigos. Todos unidos en el desconcierto.

Permanecí largos minutos junto a su ataúd, escuchando el llanto ahogado de sus deudos, y pensando en mis propios pecados de omisión.

Él quería escribir los recuerdos de un pasado accidentado del que salió ileso. Trató de plasmar su historia… Nunca lo logró. Se fue con ella a la tumba… Y me sentí culpable.

En una reunión me dijo:

—Todas las personas tenemos una historia que contar; en cada mente hay ideas, problemas, convicciones y sueños; vale la pena ponerlos en papel. Tú has escrito muchos libros. Enséñame tus secretos.

Sonreí y moví la cabeza.

—No es cuestión de secretos, sino de práctica.

—De acuerdo. Pero los expertos pueden darnos atajos. Pueden, si quieren, hacernos la vida más fácil a sus seguidores.

Le cambié el tema… Tenía razón.

A lo largo de treinta y cinco años como escritor he desarrollado técnicas que he guardado en mi baúl de tesoros. Mis libros han sido exitosos gracias a esas técnicas. He podido vivir de la escritura y con los frutos de ella he emprendido otros negocios. La verdad es que lo último que había pensado hacer en la vida era desvelar mis secretos. Eran míos, producto de muchos años de esfuerzo y entrenamiento. ¿Por qué los regalaría? Pocos los entenderían y aún menos los valorarían. Pero frente al cadáver de mi socio supe que no me quedaba otra opción. Mañana o pasado, podía ser yo quien reposara en una despedida definitiva de cuerpo presente. Nadie me aseguraba que viviría muchos años más. Ni siquiera uno.

Salí de ese velatorio directo a escribir. Otro libro. Pero no uno más. Esta vez sería distinto, único; mi testamento profesional. Los secretos que desarrollé con sangre y sudor a lo largo de una vida peleando con las letras. Siete pruebas y veinticinco retos. Como homenaje a mi amigo y con la confianza de que en algún lugar del mundo alguien valoraría el regalo, publiqué el libro *Conflictos, Creencias y Sueños*. Casi de inmediato mis editores convocaron un concurso para personas dispuestas a seguir un taller a distancia con los veinticinco retos del libro. La respuesta fue abrumadora. Cuando vi la cantidad de inscritos, sentí un nudo en la garganta. Y comprobé lo que mi amigo me dijo: "Todos tenemos una historia que contar; ideas, problemas, convicciones y sueños; vale la pena escribirlos".

Con la ayuda de mi colega escritora y coautora de uno de mis libros, Romina Bayo, fui dando seguimiento, reto por reto, a los cientos de participantes. Vimos cómo cada semana los concursantes elevaban la calidad de sus escritos. Fuimos testigos de una transformación incuestionable. Los retos funcionaban, tal como fueron concebidos, como una escalera hacia el mejor manejo de las letras. Participantes de todo el mundo caminaron con nosotros paso a paso hasta alcanzar un nivel digno de escritura. Entonces llegó la etapa final del concurso: escribir un cuento. Recibimos cientos. Nunca nos imaginamos lo complejo que sería leer todos y seleccionar a los mejores… Este libro es el resultado.

Los autores (estudiantes, profesionistas, empresarios, trabajadores; mexicanos, colombianos, peruanos, ecuatorianos, costarricenses, panameños), tienen un común denominador: son bohemios, artistas, conquistadores de sueños. Ha sido un honor trabajar con ellos y ver, en este libro, sus esfuerzos coronados. Deseo que sigan escribiendo y se conviertan en los novelistas, guionistas, cuentistas, ensayistas y poetas del futuro.

Este libro contiene muchas horas de trabajo; mucha pasión; mucha entrega. Y lo más importante: contiene catorce relatos contra lo imposible. Buenos relatos.

Los autores han sobrevivido a batallas cruentas y tienen ideas que pueden deleitar e inspirar. Son soñadores que viven intensamente; que han buscado sus sueños y les han dado vida aquí, con la alegría de saber que en sus sueños están cumpliendo una misión; pues como dice Calderón de la Barca... "¿Qué es la vida? Un frenesí. ¿Qué es la vida? Una ilusión, una sombra, una ficción, y el mayor bien es pequeño; que toda la vida es sueño, y los sueños, sueños son".

Alma Clara

Flory Vargas

—No puedo morir. No quiero morir. ¡Por Dios, tengo apenas treinta y dos años!

Esa mañana mi chequeo anual obligatorio me envió directo a la "obsolescencia programada". Así se le dice.

Una niña me observó llorando en el tranvía. Limpié mis lágrimas. ¿Habría adivinado mis frases de frustración? ¿Estaría consciente de que a ella también podía pasarle? Cada año sería revisada por el sistema y, si tenía cualquier deterioro físico, su muerte sería decretada y ejecutada.

El mundo había cambiado. Ya no se permitía la existencia de seres humanos enfermos o defectuosos. Éramos demasiados. Solo los perfectos tenían derecho a vivir. Por lo visto yo no lo era; ya no. Pero dentro de mí había una voz que quería gritar y rebelarse. No era justo. ¿En qué momento la humanidad perdió su libertad para equivocarse y ser imperfecta? ¿Cuándo permitimos que un gobierno global computarizado, frío y sin alma se apoderara del planeta para hacernos vivir una perfección impuesta y contraria a la naturaleza humana? Antes se decía: "Nadie es perfecto". Ahora, simplemente, si no eres perfecto, te mueres. Pero yo no quería morir. No debía. Aún me quedaba mucho por hacer. ¡Aunque al sistema eso no le importara!

Sentí ganas de vomitar. El tranvía aéreo llegaría a la siguiente parada en cualquier momento; la impresionante velocidad del infernal vehículo, conocido como el *Straddling*, me causaba siempre la misma sensación de náuseas. Al fin se detuvo, salí tan rápidamente que perdí el equilibrio, pero logré aferrarme a una de las barandas metálicas que protegían el andén, a quince metros de altura. Ahí me quedé un rato, paralizada por mi vieja fobia a las alturas, a la que se sumaba el temor por la terrible noticia que había recibido hacía apenas unos minutos.

—¿Morir yo? —susurré—. ¿A mi edad? ¡No he trabajado lo suficiente! ¡No he formado una familia! ¡Ni siquiera he hecho el amor las suficientes veces! No, ¡caramba!, no puedo morir… No puedo dejarme matar…

Bajé las escaleras platinadas que me llevaron al nivel principal de la calle, allí donde alguna vez transitaron los automóviles y ahora sólo se permitían peatones.

El bulevar se veía hermoso en esa tarde de verano, con sus maceteros llenos de coloridas flores y sus limpias baldosas de pálido gris; sin embargo, lo que yo necesitaba con urgencia era calmarme y recuperar el aliento. El temblor de las piernas me impidió llegar hasta una de las banquetas al lado de la vía y preferí adentrarme en un estrecho callejón. Lo que menos quería era llamar la atención. Tosí. Hice algunos ejercicios de respiración. Era como si el aire se negara a fluir por mi tráquea. ¿La gente lo notaría? Entonces vomité. No pude controlarlo.

Me sentí el ser más miserable del planeta. Estuve inmóvil, mientras por encima de mí se escuchaba el zumbido de los vagones del *Straddling* que se deslizaban dentro de los oscuros tubos de presión. Poco a poco recuperé el aliento. De repente alguien me tomó por los hombros; trepidé con un sobresalto de terror. Pensé que podría ser la policía, si me habían notado enferma. No me moví. La persona a mis espaldas puso en mis manos un pañuelo blanco impecable. Lo tomé. Di la vuelta; era una mujer mayor que sonreía con bondad y me miraba fijamente. Tenía su cabeza envuelta en una pañoleta de seda que terminaba atada en un pequeño nudo en su barbilla y llevaba una larga gabardina que le añadía un toque aristocrático. Resultaba asombrosa la edad tan avanzada que aparentaba, considerando que era muy extraño ver adultos mayores por las calles.

—Gracias. Es usted un ángel —le dije en un ahogado susurro.

—Pronto estarás mejor, no te preocupes. Yo misma siento vértigo al pensar en toda esa gente que viaja allí encerrada como ganado. Serán unos trescientos por vagón, supongo. Hace mucho que no me subo a uno, ya no lo soportaría —su comentario me provocó desconcierto.

—¿No usa el *Straddling*? ¿Y cómo se mueve de un lugar a otro? Ese es el único medio de transporte permitido a los civiles.

—No lo hago —confesó.

—¿Qué ha dicho? ¿Solo camina? ¿Y cómo vive? ¿Dónde trabaja? ¿A qué se dedica?

Ella giró la cabeza como queriendo huir… Era una fugitiva. Lo adiviné. Una mujer de su edad no podía estar viva. No lo merecía según las reglas del sistema.

El sonido del tubo supersónico sobre nuestras cabezas atenuó la incomodidad de un silencio obligado.

—Prefiero no pensar en ellos como ganado… Me refiero a la gente que viaja en el *Straddling*, yo suelo subirme a observar a esas personas que viajan; imagino hacia dónde van y qué tipo de vida tendrán, su personalidad, sus historias.

Cada vez estaba más convencida de que la existencia de esa mujer iba en contra de todas las normas existentes, del nuevo orden que imperaba: un mundo en el que ya no se permitía envejecer más allá de esa delgada línea en donde, si te convertías en una carga para los demás, ya no tenías derecho a vivir.

Se dio cuenta de que había descubierto su secreto, pero la detuve amablemente por el brazo.

—Espere… No se vaya… Necesito que me ayude. Estoy desesperada. Me han decretado sentencia de muerte…

—A ti… —lo dijo despacio, casi en un susurro—, ¿también?

—Sí.

—Te vi toser hasta casi ahogarte. ¿Estás enferma?

—Es solo una gripe. Se me pasará…

—A nadie le decretan sentencia de muerte por una gripe.

—Soy asmática…

—Ajá… ¿Nada más?

—Lupus. Pero puedo vivir. Solo sufro rachas malas; siempre me recupero. Tengo demasiados sueños por cumplir. En cambio…

—En cambio aquí estoy yo, que soy un desperdicio del tiempo, ¿verdad?

—No diga eso, por favor. ¡Todo lo contrario! Ayúdeme a aclarar mi mente, se lo ruego. Este es un momento muy difícil para mí.

—Es difícil para todos.

—Quiero saber cómo ha llegado usted a vivir tanto; todo eso que me perderé.

—Está bien… vamos.

La anciana empezó a caminar; la seguí hasta llegar a la terraza de una acogedora cafetería inspirada en el estilo francés de antaño. Los supermercados ya no existían desde que los cerraron para racionar los alimentos de forma personalizada según cada organismo. A pesar del excesivo control en los temas de salud y nutrición, afortunadamente se habían conservado los restaurantes, en realidad por razones lúdicas y de socialización. A falta de pan, un poco de circo…

Nos sentamos junto a una pequeña mesa de madera añejada con centro de vidrio; presioné un par de veces uno de los botones disponibles en el menú electrónico. Cinco minutos después, la mesera apareció con una bandeja que contenía dos porciones idénticas de fruta, un par de galletas de granola y las tazas de humeante sustituto de café.

—Hubo una época —rememoró la anciana— en la que podías decidir lo que comías.

—Yo no conocí esa época. Cuando nací el sistema ya lo controlaba todo. Para mí, el racionamiento es bueno. Dicen que gracias a eso la gente es más sana y ya no se ve el exceso de peso como antes.

—Igual te vas morir. ¿De qué te ha servido todo esto? —sentí el comentario como un balde de agua helada… Ella se dio cuenta, pero no se disculpó. Coincidí.

—En eso tiene toda la razón, no voy a negarlo —pero no pude controlar la congoja; mis manos temblorosas apenas podían sostener la taza—. ¡Por Dios, tengo apenas treinta y dos años! —y rompí en un llanto desconsolado que se plasmó en el pañuelo, cuyo tono blanco ahora surcaban los trazos oscuros de mi maquillaje mezclado con lágrimas.

—¿Ya se lo contaste a tu familia?

—No tengo familia. Mis padres ya murieron, ni siquiera los dejaron llegar a la edad límite de obsolescencia; supongo que la genética no ayudó. Soy hija única y nunca encontré con quién compartir mi vida.

—Lo siento.

—Y pensar que hace años se creía que el futuro se podía predecir entre estos restos oscuros y aromáticos del café; ahora lo retuercen y acomodan a su antojo.

—¿Ya tienes fecha?

—No. Justo a eso iba cuando me encontré con usted. Me dirigía a ese maldito lugar.

Señalé con el índice al final de la calle, donde se encontraba un enorme edificio blanco de mármol, identificado con brillantes letras doradas: "IPRO".

La anciana no tuvo que girar la cabeza. Sabía muy bien dónde se encontraba el Instituto de Programación de la Obsolescencia.

Todos estábamos muy acostumbrados a la muerte ajena. Pocas personas llegaban a conservar a sus padres y otros parientes con vida por largos periodos. El límite general establecido, sin excepciones, era de setenta años. Antes de eso, se fijaba la fecha de finalización en todos los casos que, bajo criterio médico, implicaran una pérdida de capacidades físicas o mentales, así como requerimientos médicos y cuidados hospitalarios que el Estado ya no estaba en posibilidad de cubrir. Visto fríamente, el esquema riguroso de organización había sido un éxito. Quedaba más dinero para alimentación, educación e infraestructura. Ya no era necesario contar con tantos hospitales y medicamentos, excepto para la salud preventiva.

—¿Cómo te llamas, hija?

Le agradecí el gesto familiar. Ella podía ser mi madre ¡y yo añoraba mucho a la mía!

—Clara. Me llamo Clara. ¿Y usted? Cuénteme de usted. ¿A qué se dedica?

—Elena. Soy escritora, o lo fui, al menos. Mis padres me heredaron la casa donde vivo sola, aquí, a un par de cuadras y, con el paso de los años me volví, digamos, alérgica a las emociones y relaciones humanas. Tampoco tengo familia ni amigos; como te dije, ya todos murieron o "caducaron". De hecho, hace mucho no tenía una conversación amena con alguien. Me resisto a creer que vivamos en un mundo en el que te desechan sin importar lo mucho que tengas todavía para dar.

Me atreví a pronunciar la pregunta crucial. La que había tenido en la punta de la lengua:

—¿Cuántos años tiene?

—Ochenta y nueve.

Tragué saliva. ¡No podía ser! Yo calculaba que tendría sesenta y nueve. La observé. Era verdad. Su rostro era de alguien mucho mayor. Pero había muy pocas personas de casi setenta años en el mundo. En mi mente no existían muchas referencias para comparar. ¿Quién era esa mujer?

—¿Y cómo ha llegado a vivir tanto? Es usted muy afortunada.

—De algún modo me traspapelé en todo este engranaje científico y aquí estoy. No regresé a mis controles y nadie preguntó por mí. Esa es la única explicación posible. Supongo que simplemente soy una falla en el sistema. Al fin y al cabo, algún error debe tener.

—Oh.

—Por favor, no se lo digas a nadie. Voy a confiar en ti.

—Sí. Claro. Gracias. Puede confiar en mí… Me voy a llevar el secreto a la tumba —sonreí con tristeza—. Pronto.

—Tampoco creas que es muy hermoso vivir así, casi a escondidas, y totalmente sola. Mi generación completa fue aniquilada, borrada para la eternidad…

—Por el sistema "perfecto"…

—Así es.

—Perdone que no le crea… Es imposible que haya habido un error así. Es escritora. Una mujer creativa e inteligente. No puede decirme algo tan poco verosímil; dígame la verdad. ¿Por qué está viva?

Nos quedamos en silencio un buen rato. Entre nosotras solo estaba el humo del café que ya no era café.

—He preferido pensar que falló el sistema… —comenzó su confesión—. Pero lo cierto es que hay un hombre… Juan Araujo, un ingeniero en informática del IPRO; fue él quien me regaló el tiempo extra, por decirlo de algún modo.

—Fue su… ¿pareja?

—No. Es un lector. Amante de la lectura; según él, mi fan número uno. El muchacho, en aquel entonces, encontró la manera de salirse con la suya manipulando ciertos parámetros… Como ves, el sistema sí es imperfecto. Juan me ha regalado vida a cambio de que yo pueda seguir escribiendo mis novelas.

—¿Cómo lo sabe?

—Él me lo dijo. Hace veinticinco años, en una firma de autógrafos. Me abrazó efusivamente, como pocos lectores lo hacen y me susurró al oído: "Yo tuve una esposa, estaba embarazada de nuestro primer hijo y, a pesar de ello, fue muerta por obsolescencia. Ambos tenían genes defectuosos. Odio el sistema; por eso me metí a trabajar al IPRO; soy programador. Escúchame, Elena, yo amo tus libros, y te amo en cierto modo por la paz que me proporcionan tus historias. No vuelvas a ir a tus chequeos. Aléjate. Escribe para mí. Me encargaré de que vivas. Yo te cuidaré". Mientras, colocaba en mi mano una tarjeta con su información personal. Y obedecí. Me alejé. Y seguí escribiendo. Pero desde entonces evité publicar. Sólo le he hecho llegar a él mis manuscritos en secreto. He tenido que mantener un perfil bajo para evitar sospechas…, para evitar morir.

La historia era increíble. Épica.

—Nunca había escuchado algo tan romántico.

—Desde aquel encuentro, no nos hemos vuelto a ver en persona… Y con mucha frecuencia escucho su voz en mi mente diciendo: "Yo te cuidaré… Me encargaré de que vivas". He escrito varios libros, ¿sabes? Muy buenos, por cierto. Solo para él…

—¿Y él? ¿Dónde está ahora? ¿Todavía trabaja en el IPRO?

—No. Renunció después de lo que hizo; antes de que lo descubrieran. También mantiene un perfil bajo. Es tripulante de un crucero: el *Monarca del Caribe*. Se encarga de los sistemas del transatlántico…

—Veo que han seguido en contacto.

—Sí. Él es, literalmente, la razón de mi vida. Y no me quedan muchas razones, por cierto... ¿Y tú, Clara? Cuéntame más de ti.

Así seguimos por horas. Le conté quién era. Una abogada que también vivía sola; me había pasado la juventud estudiando y trabajando sin descanso, incluyendo fines de semana. Nunca me casé; no porque no hubiera querido, sino porque simplemente no se dio, o tal vez por miedo. Estaba llena de planes y proyectos por realizar: quería aprender a pintar, tocar el piano, hacer un curso de fotografía, mil cosas más, hasta que me diagnosticaron lupus… Mi historia no era épica como la de ella. No había secretos ni amores escondidos… Elena me tomó de la mano y me miró rebosante de empatía. Éramos dos mujeres solas, fuertes e independientes. Ambas lucharíamos contra el destino si fuera necesario. Nos sentimos a gusto juntas, como viejas amigas.

—Y pues, como ya sabe —concluí—, dentro de poco, en cuanto cruce aquellas enormes puertas, alguien me dirá cuál será la fecha exacta en que tendré que morir; tengo dos días que para presentarme al IPRO.

—Si Juan aún trabajara ahí, le pediría que te ayudara —Elena bajó la cabeza, como si de pronto sintiera alguna culpa por su condición privilegiada. También parecía sentir el peso del tiempo como nunca antes.

En mi cabeza empezaba a resonar un *tic tac* permanente y enloquecedor. Por un lado, me sentía ansiosa por salir al paso de mi suerte y conocer de una vez por todas la fecha fatal; por otro, quería con toda mi alma que alguien me otorgara una oportunidad para vivir, aunque fuera solo un poco más.

Mientras mi vista se paseaba desesperada por el bulevar, se cruzó con el llamativo rótulo de una agencia de viajes, y entonces encontré la respuesta que buscaba.

—¡Tienes que contactar a Juan ahora mismo! ¡Nos vamos de crucero! —exclamé con total determinación.

Elena se puso pálida.

—¿Estás loca? ¡Clara! Recuerda que tienes solamente dos días para reportarte al Instituto y definir la fecha o serás detenida por las autoridades. Otro tanto ocurriría conmigo si paso por un escáner de identificación —y sus ojos se ensombrecieron aún más.

—Mire el póster de las promociones. ¿Puede creerlo? Es una señal divina. ¿No ve que es precisamente el *Monarca del Caribe*? ¡El barco en el que trabaja Juan!… ¿No le gustaría conocerlo mejor?, ¿hablar con él?, él la ama a través de sus obras. Es su único lector. Durante muchos años ha escrito para él… Ha pensado en él y de seguro él en usted…

Elena se llevó la mano al pecho. Temí que le fuera a dar un infarto. Por primera vez vi la magnitud de su edad.

—Me daría vergüenza que me viera tan acabada… Mírame; soy una anciana… y él debe de tener cincuenta y tantos…

Entonces lo comprobé… Ellos habían mantenido un amor platónico.

—Con más razón —me atreví a ser un poco cruel—. ¿Cuánto tiempo más cree vivir? ¿No le gustaría despedirse de él?

Caminé hasta la agencia de viajes. Tenía saldo en mi cuenta. Mientras no me dijeran la fecha de mi eliminación, podía usar el dinero que había ganado trabajando tanto. Debía usarlo; antes de que me lo congelaran para pasarlo a la Cuenta de Fondos por Obsolescencias.

Creí que Elena no me seguiría. Pero apareció detrás de mí. Ella usó su nombre real para registrarse y, después de rogarle, dejó que yo pagara los dos pasajes.

—¿Cómo hace para comprar sus cosas? —le pregunté—, ¿usa su identidad? ¿Tiene fondos?

—Sí. Juan me deposita una pequeña suma cada mes…

Me quedé pasmada. Otra vez. Pasmada en grado superlativo.

—Zarpamos mañana. La veo en el muelle a mediodía. Será la mejor aventura de nuestras vidas… ¡Ya verá!

—No sé si la mejor —se despidió—. Pero sí será la última.

Al día siguiente ahí estaba, vestida con ropa clara, maquillada y con una pañoleta en la cabeza, cargando una antigua maleta de ruedas, de esas que no se veían hacía tantos años. Era evidente el contraste con la mía, que flotaba por campos magnéticos autoinducidos.

Nos formamos para entrar al barco. El control de pagos e identificación de personas era muy rápido. Apenas un par de segundos por cada pasajero. Llegamos a los controles de identificación… Elena me tomó de la mano. Estaba sudando… Yo también. Me paré primero frente al escáner de rostro e iris, un foco verde me dio el paso. Después ella. El foco tardó en encenderse… Parpadeó en rojo, hubo un momento de tensión. El sudor le corría por la frente, luego el foco se apagó y al fin volvió a encenderse en verde. Los policías del monitor murmuraron entre sí. De seguro habían visto algo irregular en el registro de Elena, pero nos dejaron pasar sin decir nada.

Al fin entramos al barco. Era majestuoso. Un verdadero edificio de lujo flotante.

Llegamos a nuestra habitación. La mejor. No escatimé en gastos. Tenía un amplio balcón y música ambiental.

—Esto es un sueño… —me abrazó—, gracias, Clara… —y luego me miró a los ojos fijamente—, pero voy a pedirte un favor… Déjame aquí. No quiero salir del camarote… Tú ve a las actividades del crucero; toma los *tours* de cada visita, me gustaría tener una semana de paz absoluta. No podría despedirme mejor del mundo que aquí…

en este balcón; voy a escribir mi último libro.

—Para Juan.

Se quedó pensativa.

—Sí...

—Tiene que entregárselo usted misma.

—Ya veremos.

Me ofrecí a traerle un coctel y algo de comer. Ella ya se había acomodado en una de las sillas del balcón, lista para disfrutar el atardecer mientras el enorme navío zarpaba. El roce de la deliciosa brisa en su piel, el espectáculo del azul marino y los contrastes pasteles del celaje la tenían asombrada.

—Aquí platicaremos cada noche —le dije.

—Perfecto, Clara... Me encanta la idea, pero antes quiero pedirte algo —usó un tono entre maternal y autoritario—. Supongamos que es cierto que después de esta, tendremos la oportunidad de empezar otra vida y que lo único a nuestro favor, en tal caso, serán las enseñanzas que nos haya dejado este ciclo que termina. Quiero que cada noche me digas qué aprendiste durante el día.

—Cuente con ello.

—Háblame de *tú*, hija... Por favor.

—Claro.

Se puso de pie y volvió a estrecharme para repetir:

—Gracias.

Salí a disfrutar de las instalaciones del crucero. Regresé tarde.

Esa noche, la encontré sentada en el balcón, escribiendo sin parar.

No me atreví a hablarle hasta que ella misma decidió detenerse para preguntarme cómo me había ido. De inmediato le describí todo.

—La cena se sirve en un enorme y elegante salón, decorado con hermosas alfombras y cortinas drapeadas. Las mesas estaban montadas con una mantelería impecable y el menú se daba algunas libertades interesantes dentro de las restricciones existentes. Si una persona llegaba sola, como ocurrió en mi caso, era ubicada en una mesa para compartir con algunos desconocidos y la charla se podía tornar amena. Esta noche mis vecinos fueron una pareja de brasileños y sus cuatro hijos, entre los seis y los doce años, me parece. ¡No te imaginas el alboroto tan tremendo! —mis gestos le ponían emoción a la explicación detallada—. Los niños hablaban sin parar, jugaban, reían, compartían con sus padres. Ellos trataban, sin éxito, de mantener conversaciones coherentes de adultos, pero siempre alguno de los chicos necesitaba algo o quería simplemente su atención. A pesar de esto, ellos no hacían más que consentirlos. Había algo especial en sus miradas que no sabría describir. Creí que nunca había querido tener hijos. Me horrorizaba la idea de traer un niño a padecer este mundo automatizado y cruel. Ahora entiendo que me falló el valor y me faltó esperanza para ver que, precisamente, son esos niños los encargados de lograr un mundo mejor, más justo. Me pesa en el alma no poder tenerlos. En conclusión, la esperanza debe estar por encima de todo.

—Qué interesante… ¿Ves cómo siempre se aprende algo?

Se quedó callada, como esperando más de mi parte. No quise hacerla sufrir.

—Investigué. Juan está en las oficinas del barco… Mañana voy a buscarlo.

—No te molestes… Apenas comienza el viaje. Ya habrá tiempo.

Al día siguiente las cosas transcurrieron bastante tranquilas. Después de llevarle el desayuno, me puse el traje de baño y fui a la cubierta; quería sentir el calor del sol en la piel, el olor de la crema bronceadora de coco y mirar al mar interminable que nos rodeaba. Estaba feliz y tranquila; tanto que, al menos por un momento, me olvidé de mi sentencia de muerte.

Por la tarde, compartí con mi amiga en el balcón jugando a los naipes y luego caminé por el barco. Después de cenar, Elena me esperaba atenta.

Le conté que esa tarde, al pasar por una bella zona verde que fue inspirada en el famoso Central Park de Nueva York, tuve la suerte de presenciar una boda. En medio de enredaderas, flores y paredes cultivadas, se encontraba un romántico quiosco de madera combinada con hierro forjado que utilizaron para la ceremonia. Los senderos alrededor estaban adoquinados y bordeados completamente por pequeñas lámparas solares que, por la hora, empezaban a brillar. Solamente estaba presente la familia cercana de la pareja. Todos vestían tan elegantes y felices que no pude evitar sentarme en un rincón a observar la sesión de fotos y el alegre festejo.

—Los novios estaban radiantes de felicidad; más que eso, había entre ellos una complicidad y una atracción increíble. Sin querer sentí, más que envidia, un tremendo vacío. Están cerca mis últimos días y nunca nadie me abrazó o me trató de esa manera. Querida Elena, hoy aprendí que el amor merece una oportunidad.

Giró la cara hacia el espejo y se acarició la piel reseca y arrugada del rostro. Ella estaba de acuerdo.

—Para algunos, es tarde.

Al amanecer, el barco había atracado en Nassau y casi todos los pasajeros bajaron para tomar diferentes *tours* por la zona. Esta vez me propuse convencer a Elena de dar una vuelta por la cubierta. Al final, lo logré. Gozamos de la brisa que alborotaba sus cabellos y la magnífica vista de la isla desde el barco, con sus contrastes del agua esmeralda y arena blanca como la sal. Estuvimos en la piscina y bebimos un delicioso mojito en el bar antes de volver a la habitación. Reímos y jugamos como niñas. Almorzamos en la habitación porque ya la gente empezaba a regresar.

—Mi lección de hoy tiene que ver contigo —le dije—. Hoy te vi disfrutar el sol y el mar. Fue como ver una hermosa flor abriéndose a un nuevo día. ¿Te das cuenta? Está muy claro, debes desechar el miedo de tu vida.

—No encuentro el mejor modo de agradecerte por todo, por haberte cruzado en mi camino, por el viaje, por inspirarme a escribir mi último libro, por los maravillosos momentos. Eres lo mejor que pudo haberme pasado. Y déjame robarte la lección de este día, esta va de mi parte: sin amistad, la vida no tiene color.

—Estoy de acuerdo, Elena. Cada minuto que hemos vivido en estos días me ha dejado la mejor de las enseñanzas: hay que vivir de modo que valga la pena morir.

—No podría estar más de acuerdo.

—Elena, faltan dos días para que termine la travesía del crucero. Quiero invitarte a cenar. Hay un restaurante muy fino y exclusivo: El Delfín. Voy a hacer la reservación. Vengo por ti en una hora; arréglate.

No la dejé contestar. Fui directo al restaurante. Aparté una mesa cerca del balcón. Luego bajé a la isla. Caminé a la orilla de la playa, sintiendo como nunca el fresco golpe del agua en los tobillos y la suavidad de la arena que se escapaba entre mis dedos. Cuando regresé, me dirigí al área administrativa del barco. Me permitieron entrar hasta la oficina de Juan Araujo. Lo encontré en el pasillo. Era un hombre moreno, alto y fornido.

—¿Conseguiste arreglar el problema? —le pregunté.

—No.

—Recuerda qué hiciste hace años para borrar a Elena del sistema.

—¡Baja la voz!

—Disculpa.

—Las cosas han cambiado. Ya no es tan fácil. Desde que ustedes ingresaron, el sistema arrojó un error. Traté de disimularlo pero ya era tarde. Ordenaron una investigación para determinar por qué se registró un pasajero que tuviera esa edad.

—¡Tiene que haber alguna solución!

—No la hay —se veía desesperado y aterrado—. En cualquier momento van a descubrir que yo la ayudé hace veinte años. También me detendrán a mí.

—Habrá tres ejecuciones cuando termine el crucero.

Agachó la cara. Era un hecho.

—Sí.

—Escúchame, Juan. Dentro de un rato iré al restaurante El Delfín; con ella. Aunque se niega a verte, antes de que me sirvan de cenar, voy a pararme y voy a dejarla sola. Para que tú ocupes mi lugar y cenes con ella.

—¡No! Eso sería un suicidio, confirmaría que existe alguna relación entre nosotros. Hay cámaras en todos lados. En menos de dos horas nuestras imágenes habrán llegado al IPRO y de ahí a saber la verdad, serán segundos. Mandarán agentes a detenernos.

—Tiempo suficiente para que ustedes hablen una vez más. ¿Se te ocurre otra opción?

Movió la cabeza.

—En este momento el IPRO ya está investigando el caso. A estas alturas, ya deben tener algún informe; atarán cabos y, muy probablemente, estarán esperándonos pasado mañana al desembarcar.

—O sea que no hay nada que perder. Es tan solo cuestión de tiempo… Si cenas con ella, se acelera todo ¡un día! ¿Qué más da?

—Olvídalo. Para ella un día es un día… Cada noche que pueda leer lo que escribe habrá valido la pena.

—Ella está sola… Escribe solo para ti.

No quiso oír más. Se dio la vuelta y volvió a entrar a su oficina.

Regresé al camarote.

Elena se había puesto su mejor vestido. Se veía radiante. Yo tenía muchas ganas de llorar. Me metí a la ducha y me arreglé casi sin hablar. Cuando nos disponíamos a salir, ella puso en mis manos el manuscrito que había estado elaborando esos días con tanto empeño. El título llamó inmediatamente mi atención: *Alma Clara*.

—Toma. Es tuyo. Este lo escribí para ti. Si salimos de esta, me gustaría publicarlo. Ya no tengo miedo.

—Elena, yo… —y no pude seguir porque un sollozo, el primero de muchos que siguieron, me dejó casi sin aliento. En todo caso, sobraban las palabras.

Una hora después salimos. Fuimos al Delfín. Nos sentamos a la mesa reservada. Era una noche fresca y hermosa. Giré la cabeza para todos lados. Juan no estaba.

Cuando el mesero nos trajo el primer platillo, lo vi. Estaba parado detrás de ella. Se había puesto un traje blanco, como de almirante. Me puse de pie. Pedí disculpas para ir al baño.

Juan tomó mi lugar.

Salí al balcón y me despedí del mundo. Había sido hermoso habitarlo.

A las dos horas con dos minutos llegó una nave del IPRO. Descendió con su típico sonido de alta frecuencia sobre la parte más alta del crucero. Mi cabello revoloteó por el viento de las turbinas magnéticas. Desde esa posición pude ver a varios agentes uniformados bajar corriendo, como si estuviesen a punto de atrapar a tres peligrosos delincuentes.

Caminé hasta la mesa de Elena y Juan.

Cinco oficiales llegaron directamente hacia nosotros.

—Quedan detenidos por…

—No se moleste, oficial —lo interrumpí—; sabemos perfectamente por qué. Se nos considera indignos de vivir.

Nos pusimos de pie… Mientras avanzábamos, una garza nocturna se atravesó en nuestro camino y emprendió afortunada el vuelo que seguimos con la vista, con algo de envidia.

En la mesa del restaurante quedó la novela; a la deriva, igual que una de esas botellas que guardan mensajes desconocidos que esperan llegar algún día a su destino.

Nos situamos en el asiento trasero de la nave, Juan nos había tomado de las manos. Los tres cruzamos miradas impregnadas de ilusión y nos abrazamos albergando la esperanza de que, muy pronto, también volaríamos en libertad.

Flory Vargas. San José, Costa Rica, 1970. Me gradué como abogada en la Universidad de Costa Rica. Mi vida gira en torno a mi familia y los libros. Lectora empedernida desde niña, siempre soñé con escribir mis propias historias. Siendo muy joven, gané un concurso local de cuento rosa organizado por *Revista Perfil*. Soy especialista en Derecho Comercial y desde hace quince años me desempeño como Directora del Departamento de Gestión Jurídica de la Superintendencia General de Valores.

15/17

Wulfran Navarro

Él

—¿De qué vamos a vivir, Miguel? —no esperaba esas palabras de Ana. Realmente parecía preocupada—. Dímelo. Tu propuesta suena muy bien, pero… hay que ser realistas.

Sus palabras fueron como una lanza. Sentí como todo en el vagón se silenció. Intenté decir algo, pero un nudo estrujaba mi garganta.

—Ani, tú trabajas, yo trabajo… —¿qué palabras podría decir para convencerla?—. Además… nos amamos…

—¿Crees que lograremos salir adelante vendiendo cuadros? ¿Crees que es suficiente para no morirnos de hambre? —sus palabras tenían sabor a sentencia. Sonaba derrotada, como si se hubiera vencido antes de pelear.

—Oye, Ani, yo sé que no parece algo fácil pero...

—¡Miguel! ¡Abre los ojos, por favor! ¡Hace meses que no has podido vender ni la mitad de lo que haces por semana y en mi trabajo están corriendo todos los días a alguien!

Callé. Sus gritos retumbaban en mi cabeza como campanadas de iglesia colonial. Nunca la había escuchado elevar la voz. Desconocía a esa mujer que estaba a mi lado, y aun así, seguía amándola.

No podía creer que ese vagón, que nos vio estrechar nuestras manos por primera vez, que fue testigo y cómplice del primer beso en aquel movimiento brusco que me empujó "sin querer" cerca de sus labios...; ese mismo vagón, ahora fuera el escenario de nuestra primera discusión verdadera.

—Migue... —suavizó su voz y puso su mano en mi antebrazo.

No me atreví a verla. Permanecí impávido en mi asiento con la mirada extraviada en ninguna parte. Me sentía herido. Fracasado. Intenté abrir la boca para decir algo, pero las palabras no llegaban a mí. Por primera vez me sentí poca cosa para ella.

A través del reflejo en la ventana podía ver a Ana. Tenía su mirada fija en mí, como suplicando entendimiento. ¿Entender qué? ¿Que no podía convertirla en mi esposa?

—Miguel... —una lágrima corrió por su mejilla—. Miguel, lo lamento. Por favor, reacciona, lo lamento...

Sabía que lo lamentaba, la conocía; pero también sabía que lo que dijo antes era una verdadera preocupación en ella.

—Pude haberme quedado estudiando ingeniería, Ani —volví mi rostro hacia ella—, pero no te hubiera conocido. Esto soy, Ana: un pintor. Y si debo elegir entre el arte o un buen puesto que me asegure un sueldo que nos dé tranquilidad —hice una pausa antes de continuar, sabía que esto era definitivo—, elijo el arte.

Ana rompió en llanto, se puso de pie, tomó su bolso y comenzó a caminar hacia el otro vagón. Tuve el impulso de correr tras ella, pero algo en mi interior me lo impidió, no sé bien qué: orgullo, miedo, duda... No pude ir tras ella.

Al bajar del tren, tomé un mototaxi para entrar al pueblo. La vía era rocosa. No estaba pavimentada y a ambos lados todo era bosque. Daba miedo conducir por allí en horas no transitadas. Pero no presté atención a eso, mi cabeza era un mar de dudas y frases sueltas: "¿De qué vamos a vivir?", "¿Crees que es suficiente para no morirnos de hambre?". Si tan solo pudiera convencerla de que juntos teníamos todo lo necesario.

—¡Que ya puede bajarse, amigo! —el grito del conductor del mototaxi me volvió al camino.

—¡Ah!, sí. Disculpe, disculpe —le pagué el viaje y caminé las cuadras de tierra que me alejaban de casa.

—¡Miguelón! Bienvenido a casa —era don Jacobo, el loco del barrio, que siempre estaba sentado en la acera—. Es muy tarde para andar solo. ¡Corra!

—Buenas noches, don Jacobo. No se preocupe, no saldré más por hoy.

—¡Duerma bien!

Giré al final de la calle y después de una cuadra más, llegué a casa. No era un establecimiento grande. Después de cruzar el portón rojo de la entrada, solo se encontraban dos cuartos, un baño, un pequeño mesón que usábamos como cocina y los implementos necesarios para vivir. Siempre vi mi hogar como un lugar simple, no era la gran cosa, pero no necesitaba más. Ese fue el hogar que me dieron mis padres y siempre amaría regresar.

—¡Papá, mamá! ¡Llegué!

Mamá vino hacía mí. Bajé mi maleta al suelo y me preparé para su abrazo.

—¡Hijito mío! —tomó mi rostro entre sus manos y besó mi frente—. Ya era hora. Estábamos preocupados. Ya es tarde.

La abracé y escondí mi rostro en ella, no quise que viera la tristeza que cargaba.

—Hola, Miguel —su voz se escuchó antes de verlo salir del cuarto, era mi padre—. ¿Dónde estabas?

—Tuve un inconveniente en la estación, papá —le estreché la mano—. Pero nada del otro mundo.

—¿Qué pasó, hijo? —preguntó mamá.

—Nada, mamá.

—Alza la mirada, por lo menos —papá sabía que estaba mintiendo—. ¿Te asaltaron?

—No, papá; nada grave, en verdad —no quería contarles, necesitaba cambiar de tema rápido—. Mamá, ¿hay algo de comer?

—Sí, hijo, sabes que siempre te guardo comida. Ya te sirvo.

—Venga, hijo, acomódese —papá tomó mi maleta y me acompañó al cuarto.

Al entrar a la habitación, cambié mi camisa por una más cómoda. Papá colocó la maleta junto al armario y me dio una palmada en la espalda.

—¿Cómo está tu hermano? —preguntó—. ¿Estás bien quedándote con él?

—Pues, papá, sabes lo que pienso. Es su espacio, no quisiera molestarlo, pero mientras no pueda rentar algo por mi cuenta, no puedo decirle que no a Arturo.

—Está bien, hijo. Siempre es conveniente tener a la familia cerca.

—Sí, papá.

—Anda, vamos a la mesa.

Antes de salir de la habitación, me asomé por la ventana y recorrí el maizal con la mirada.

—Deberíamos poner un vigilante que trabaje de noche, ¿no crees, papá? —no recibí respuesta, él ya se había marchado.

Al llegar a la mesa, encontré a mi padre tomando la sopa.

—Ya te sirvo, hijo —mi madre se apresuró a preparar mi plato.

Me acomodé en mi taburete, y coloqué en la vasija del centro un sobre con trescientos pesos que traía en la mano.

—¿Pintarás esta noche, hijo? —preguntó mamá, mientras me servía la sopa.

—Gracias, mamá —dije, al recibirle el plato—. No. Esta semana quedaron bastantes cuadros —realicé mi oración de acción de gracias y tomé la primera cucharada de la mejor sopa del mundo, la de mi madre—. ¿A ustedes cómo les ha ido? ¿Qué tal el nuevo puesto de policía?

—Pues, bien —respondió papá—. Se siente uno más seguro. Pero deberían poner veinte más. Tú sabes cómo son las cosas aquí. La guerrilla anda alborotada.

—¿Han ocurrido más cosas?

—Hay mucho misterio en el pueblo, Miguel. Esta semana desapareció don Chepe de un momento a otro y nadie sabe acerca de su paradero.

—¿Ni la familia?

—¡Coman mientras hablan! —mamá no dejaba de tratarme

como a un niño, y lo mismo hacía con mi padre. Los dos obedecimos, llenábamos nuestras bocas con su sabrosa sopa, mientras ella nos pasaba el parte del barrio—. La señora Irina no sabe nada de su esposo. Ha estado mal de salud desde que eso ocurrió. Sus hijos son los que han mantenido la tienda.

—Dicen que a lo mejor se trata de un secuestro —la interrumpió papá.

—Hombre, papá, no me lo creo —llevé mis manos a la cabeza. No podía creer que esas cosas estuvieran sucediendo en mi pueblo de infancia.

—Sí, hijo —lo secundó mamá—. Mejor no traigas a Ana por lo pronto.

Un silencio reinó en la mesa por unos minutos, hasta que papá lanzó lo que sentí como un dardo.

—Si es que quiere venir…

—¡Julio! —lo regañó mamá.

—¿Tengo razón, Miguel? —papá fijó sus ojos en mí. Eso me puso nervioso, él siempre parecía saberlo todo—. ¿Es así?

Bajé mi cabeza. Busqué las palabras correctas.

—No, papá. No me ha dicho cuándo puede venir, pero desea hacerlo. Quiere conocerlos, es solo que...

—Tú sabes cómo es la gente de su tipo —me interrumpió—. Para ellos somos solo chusma.

—¡Julio! —gritó mamá, golpeando la mesa—. ¿Acaso se te olvida de dónde vengo yo?

Papá hizo a un lado su plato, se levantó para ir a su cuarto.

—Eso es caso aparte, Cecilia…

—Ella es diferente, papá —tenía que defender a Ana. Apreté mi mandíbula para evitar las lágrimas—. Lo prometo.

Papá se detuvo al instante. Sus ojos se abrieron como platos. Algo de lo que dije lo conmovió, lo sé, lo conozco; y, despojado de todas sus armas, bajó la mirada y susurro:

—Lo siento, hijo.

Nuevamente hubo un silencio entre los tres que solo era interrumpido por el *tic-tac* del reloj de la sala.

—Iré a acostarme —dijo papá—. No te vayas sin despedirte, Miguel.

Y se marchó a su cuarto.

En ese momento, mamá posó su mano sobre mi antebrazo.

—Sabes que tu papá es un viejo cascarrabias, Miguel. A veces no hay que prestarle atención.

Sus palabras siempre me hacían bien. El roce de la mano de mi madre me hacía sentir seguro. Necesitaba hablar con alguien, contarle la tormenta que sentía en mi interior.

—Hoy discutí con Ana, mamá. Es cierto lo que papá dice. Ella me lo dijo.

—Hijo...

—Reaccionó bajo presión. Pero ella no es así. Solo está un poco atemorizada. Todo esto es desconocido para ella.

—Pero ¿qué fue lo que pasó hijo?

—Estábamos hablando de nosotros y le pregunté si había considerado ya un día para venir a visitarnos. Sé que quiere venir, mamá, aunque no le he contado cómo ha estado el pueblo, pero... —sentí que me atragantaba—. Me puse a la defensiva, y ella se desesperó de un momento a otro y me alzó la voz. Comenzó a preguntarme por el futuro, que si mis cuadros nos darían para vivir. Hace tiempo está angustiada porque han recortado personal donde trabaja y tiene miedo de que la echen y... —no pude decir más.

Por primera vez vi a mi madre quedarse sin palabras. Ella no conocía a Ana, pero la quería por todo lo que yo le había contado.

—¿Qué harás entonces? —tomó mi mano con fuerza.

—Me quedaré con ella, mamá —no vacilé. En ese momento supe que eso era lo que deseaba hacer—. Le prometí que no la dejaría.

—Está bien, hijo —acarició mi mejilla—. Está bien…

Marché a mi cuarto y me acosté. No podía dormir, tenía que resolver esta situación; ella era la mujer de mi vida. Miré hacia la ventana buscando respuestas en el cielo, y un extraño presentimiento me invadió. Me senté en el borde de la cama, cabizbajo, e intenté rezar, pero no logré concentrarme. Alcé la cabeza y volví a ver hacia el maizal. Fruncí el ceño. Intenté ver más allá de las sombras, hasta que me dormí. Nunca amé más mi cama ni me sentí tan seguro en mi habitación.

Ella

¿Cómo habíamos llegado a discutir así? ¿Por qué le dije eso, si yo realmente lo amo? Mientras el taxi recorría las calles de Menfis rumbo a mi casa intentaba entender lo que había pasado.

Empecé tan feliz el día. Me apuré en la oficina para tener todo listo y salir a tiempo para la estación. Como cada semana, nos veríamos allí y compartiríamos nuestra "cita sobre rieles", como nos gustaba llamarla.

Llegué al andén, busqué la banca dorada y ahí estaba Miguel, siempre llegaba antes que yo. Me acerqué, toqué su hombro y me miró.

—¡Lucerito! —siempre me llama así. Se puso de pie y me abrazó fuertemente—. ¿Cómo has estado? ¡Me has hecho falta! Gracias al cielo ya estás aquí.

—Mi Migue —sonreí, acaricié su mejilla y lo besé—. Tú también me has hecho mucha falta.

—Ha sido una semana muy dura —se veía cansado.

—¿Lograste vender los cuadros?

—No. Bueno, sí. Solo dos.

—La otra semana será mejor —volví a acariciar su mejilla—. Ya verás.

—¿A ti cómo te fue?

—Estuvo... un poco pesado el trabajo, Migue; sabes cómo está la editorial.

Nos sentamos en la banca a esperar el tren.

—¿Ocurrió algo? —se apresuró a tomar mis manos en las suyas.

—Pues, hicieron recorte de personal. Temí toda la semana que yo estuviera en esa lista.

—Pero no fue así.

—No, gracias a Dios —bajé la cabeza—. Pero en cualquier momento podría ocurrir si no aumentan las ventas.

—Lucerito…, ¿me miras? —rozó mi barbilla con sus dedos—. No pasará nada. Y si llegan a correrte...

—Miguel —lo interrumpí—, sabes que...

—Hay más editoriales en la ciudad. Y entrar a una no es fácil, lo comprendo. Pero no es imposible. En *La Derecha* has demostrado todo lo que vales. Te han ascendido, te han dado honores por tu esfuerzo, siempre te confían las páginas importantes. Estoy seguro de que no van a echarte. Pero si lo hacen, solo buscas otra revista y ya. Y yo seré el primero en apoyarte. No hay que desanimarse por algo que no ha sucedido y que de todas formas es de fácil solución.

Guardé silencio. Miguel besó mi mejilla.

—Te amo, Migue.

—Yo a ti, Lucerito. A veces.

Abrí los ojos y crucé mis brazos.

—¿Otras veces no?

—Las otras veces también.

Nos besamos. En ese momento se escuchó el sonido del *Expreso 15/17* acercándose y nos preparamos para subir. Su ruta tenía dos paradas: primero en la estación Andaluz, donde Miguel se baja, y luego en Menfis, donde vivo. Una vez dentro, caminamos hasta el vagón de atrás, nuestro vagón. Allí nos conocimos hace ya casi un año.

Colocamos los morrales en el maletero y nos acomodamos.

—¿Recuerdas la primera vez que estuvimos aquí?

—Sí —reí al contestar—, te estaba esquivando.

—¿Me veía tan mal?

—¿Te veías o te ves?

Miguel soltó una carcajada.

—¿Por qué te ríes?

—Nunca me había fijado en mujeres de cabello negro, ni siquiera largo, me atraían las de pelo corto.

—¿Sí?, a mí no me gustaban los flacos barbudos.

—Pero mira…

—¿Qué?

—Estás conmigo.

Pasé mi brazo sobre el torso de Miguel y me apreté contra su cuerpo.

—¿Qué hubiera pasado si los vagones de adelante hubieran estado libres? —le pregunté.

—Hubiera conquistado a cualquier otra que le tocara sentarse atrás conmigo.

Me solté y le di un pequeño golpe en el pecho.

—Lucerito, es imposible para mí saberlo. Solo sé que… Hombre, si no hubiéramos comenzado a hablar, habría decidido llegar más temprano los viernes para no volver a sentarme aquí.

—Podemos sentarnos adelante cuando quieras —sonreí.

—Sabes que me gusta recordar —Miguel se volvió hacia mí—. Oye, cambiando de tema, ¿aún no decides cuándo venir al pueblo?

Apreté los dientes. Me tomé unos segundos para responder.

—No, Migue, aún no he pensado en eso...

¡Qué tonta fui! ¿Por qué respondí eso? No era verdad. Mil veces soñé con conocer a sus padres, con ver el maizal que en tantas ocasiones me describió, los rincones de su infancia, el loco que saludaba a todos los vecinos..., conocer su mundo..., el lugar que lo había hecho ser quien era...

Llegué a casa. Hice todo lo posible por esquivar a mis padres escabulléndome al dormitorio de mi hermana. Necesitaba hablar con ella, desahogarme, sentía que iba a morir del dolor que tenía.

—¿Qué podía hacer? No mentí. Lo que dije es cierto. Todo este tiempo no lo había dicho pero lo pensaba. ¡Ni siquiera sé por qué lo dije!

—Ya pasó, Ani. Debes tranquilizarte —mi hermana sostenía mi mano mientras me consolaba—. Lo dijiste porque lo sentías, pero ¿por qué comenzó la discusión? No entiendo.

—Miguel quería que conociera a su familia en Pueblito Viejo —hice ademanes con mi mano para dar más énfasis a eso último—. ¡Pueblito Viejo! ¿puedes creerlo?...

—¿Y? ¿Por qué no fuiste?

—¿Cómo que por qué?... Tú lo sabes.

—Sí, es cierto. Nuestros padres... Mamá te mataría si supiera que estás saliendo con un pintor de pueblo —cruzó los brazos y frunció el ceño—. ¿Y eso qué? ¡Lo quieres y estás enamorada de él! —hizo una pausa, suspiró y volvió al ataque—: Entiendo lo de nuestros padres pero... ¿y tú? ¿Por qué lo lastimaste? Siempre supiste su condición. Lo hemos hablado mil veces. ¿Por qué ahora te preocupa eso? Tú querías casarte con él... No lo entiendo...

No sabía qué decir. Me sentía una tonta por todo lo que había pasado, mis palabras se parecían más a una sentencia lanzada por mi madre que a lo que mi corazón vivía.

—No lo sé, Sofi... Creo que sentí miedo...

—¿Miedo de qué? —preguntó Sofía.

Me quedé en silencio. Temía responder.

—Ana... —insistió Sofía.

—De mí. De no tener las fuerzas para acompañarlo en sus sueños... Miedo de no tener su valor... Miguel ha estado ahorrando para comprar una casa... Pudo haber terminado la ingeniería sin ningún problema... —recordé las palabras de Miguel—, pero prefirió hacer lo que ama. Tomó un camino difícil... —se me hizo un nudo en la garganta y comencé a llorar—. Sofi, cuando él quiere algo de verdad, lucha por ello hasta el final. Ha estado luchando por mí, y yo le di la espalda. Le fallé.

Sofía me abrazó mientras yo dejé salir toda la impotencia, el miedo a perder lo que más amaba. Sentía que el peso del mundo me aplastaba.

—Lo siento mucho, Sofi —dije un poco más calmada—. En verdad lo siento —me recompuse. Sequé mi rostro y tomé la decisión—. Mañana iré a la estación a esperar el tren de las seis de la tarde, para coincidir, como en cada cita, con Miguel en su regreso a la capital. Tengo que arreglar esto.

—Sé honesta, hermana. Solo sé honesta, y ya está. No vale la pena que las relaciones se resquebrajen por cosas que se van. Que un día están y al otro no. Sé que Miguel ni siquiera se acordará de nada de esto —tomó mis dos manos con fuerza y dijo—: Él te ama. Y eso es lo que importa.

"Y eso es lo que importa"... repetí esas palabras como letanía, hasta quedar profundamente dormida.

Ellos

La tarde del sábado el tren arribó puntual a la estación Andaluz. Ana descendió y miró para ambos lados intentando descubrir algún rastro de su amado, pero fue en vano su esfuerzo. Decidió subir y esperarlo en el vagón de atrás. En aquella estación, el *Expreso 15/17* se detenía quince minutos antes de echar a andar. Era la única parada donde esperaba más de lo normal. Aunque el sol brillaba fuerte, todo se hacía más oscuro para Ana con cada minuto que pasaba sin que Miguel apareciera. Era el único tren del día rumbo a la ciudad; Miguel no podía perderlo, y ella lo sabía, pero aun así, no aparecía. Las ilusiones de Ana se desvanecían al ritmo en que las agujas del reloj consumían cada uno de los quince minutos que quedaban para abordar el tren.

Sonó la campana y algo se rompió en el interior de Ana. El conductor no podía demorarse por compasión a un corazón herido ni aguardar más del tiempo establecido por el amante desaparecido. Pasado el cuarto de hora, arrancó sin Miguel a bordo.

Aunque la primera vez que Ana vio a Miguel se convenció de que aquel encuentro no era nada mágico, nada del destino, no pudo evitar sentir esperanzas de algo mayor después de tantas tazas de café compartidas en aquel viejo vagón. Ahora, sin embargo, con cada metro que avanzaba el expreso, la invadía un nuevo sentimiento: el desasosiego de los amantes que han quedado a la espera de un último beso y una última mirada que jamás apareció.

"Ha sido mi culpa", pensaba. Y lo repetía una y otra vez tratando de justificar el asiento vacío a su lado. No sabía cómo encontrarlo, nunca preguntó su dirección, todo su mundo se reducía a esta "cita sobre rieles". Decidió confiar. Esperar a que un día cualquiera, en uno de los dos viajes habituales de Miguel, volvieran a coincidir.

Esa misma noche, a cientos de kilómetros de distancia del pueblo, atado a un árbol en medio de un campo rodeado de vallas con alambres punzantes, Miguel fijaba su mirada en un cielo crepuscular tratando de hallar una señal esperanzadora. Estaba desconcertado. Creía que jamás volvería a ver su familia, a su amada, ni a tener la libertad. Los secuestros eran noticias de los periódicos, cosas que le ocurrían a personas importantes, a hijos de funcionarios, pero no a él, no a un simple pintor de Pueblito Viejo que una vez tuvo la bendición de, un día cualquiera, subirse a un tren y conocer a Ana, el amor de su vida.

"El amor de mi vida", repitió en su cabeza. En ese momento sus ojos percibieron un pequeño punto en el firmamento que resplandecía como un diamante, más que los demás, y sintió paz. No sabía si saldría con vida de esa, pero lo consoló el hecho de que, con algo de suerte, en alguna otra parte del planeta, Ana también estaría viendo brillar el mismo lucero.

 **Wulfran Navarro Guerrero.** Nací en Barranquilla, Colombia, en 1996. Durante mi adolescencia me adentré en el mundo de la composición lírica musical, de la poesía y el cuento. Me gradué en Dirección y Producción de Radio y Televisión. Actualmente escribo guiones, y realizo ilustración digital y animación 2D. Formo parte de la comunidad lectora Booktube, en YouTube, con mi canal BookWulf, que hasta la fecha cuenta con unos 13.000 suscriptores.

Un brillo entre penumbras

Karen Salas

—Anya, Anya, Anya.

Alguien me llama. Es la voz de una mujer y parece que está muy lejos de mí, suena casi como un susurro. Mi cuerpo flota. Siento frío. Una brisa fuerte roza mi espalda, mientras me canta al oído su canción. Es una nota que sube y baja; como las melodías de cuna, debería sosegarme, pero no lo hace. Me invade el cansancio. Mis párpados pesan pero el amo de los sueños, Morfeo, no me da la satisfacción de caer rendida ante sus poderes. Me siento aprisionada, la sensación de ahogo está en mi garganta, la presión es fuerte y va en aumento.

—Anya, Anya, Anya.

Ahí está otra vez esa voz. Se escucha más cerca, creo que el sonido viene de la izquierda. ¿O proviene de la derecha? No puedo moverme, mi cuerpo no me obedece, solo está suspendido en la nada. Abro los ojos. Estoy segura de que lo he hecho, pero sigo sumida en la oscuridad. Parpadeo algunas veces para confirmar que realmente los he abierto, los aprieto con fuerza; si es un sueño quiero despertar, tengo miedo. Miedo a la oscuridad. Intento con todas mis fuerzas patalear, mover los brazos, articular una palabra, pero es en vano. Mi cerebro manda órdenes, pero el cuerpo no obedece.

No sé cuánto tiempo llevo así, me parece que una eternidad. El viento calla. Ya no hay ruidos, solo un silencio absoluto, intimidante, como si esperara el momento en el que pretendiera desafiarlo. La intensidad del frío va en aumento, comienzo a sentir la humedad en mis pies; están mojados.

Mi movilidad regresa poco a poco. Clavo las uñas en las palmas de mis manos, me siento impotente. La oscuridad es tan profunda que no puedo distinguir los colores. Deduzco, por lo holgada que siento mi ropa, que traigo puesto el pijama. Castañeteo mis dientes de manera involuntaria, el ruido que hacen al chocar me da ansiedad. Me siento en el suelo. Presiono mis piernas contra el pecho y me abrazo. Hago un gran esfuerzo por recordar cómo llegué aquí; pero mi mente se niega a cooperar.

Paso un *checklist* de mi día: esta mañana me levanté muy temprano, fui a la escuela, pasé la tarde con mis amigas en el café, regresé a casa, hice tarea, mamá hizo *hotcakes* para cenar; me comí tres acompañados de una taza de té, después fui a mi habitación y me quedé dormida escuchando las tristes melodías de Marwan... Y luego... oscuridad y silencio. Y esa voz.

—*Anya, Anya, Anya. Ven conmigo, querida...*

Nuevamente, se hace presente. Me parece dulce y serena. Su tono me hace sentir tranquila, como si ya la hubiera escuchado antes, y al mismo tiempo me provoca escalofríos. Palpo el piso húmedo: no hay rocas, absolutamente nada bajo el agua con lo que pueda defenderme. Intento contestarle a la voz que me está llamando, pero las palabras se quedan atoradas, no puedo pronunciarlas. Quiero decir: "Hola, ¿Sabes cómo salir de aquí?", pero no es posible. Estoy sin habla. A un paso de caer en la desesperación, percibo un ligero sonido, agua fluyendo, como un riachuelo. No lo veo, pero puedo sentirlo. A lo lejos se cuela un minúsculo rayo de luz. Me levanto, mis piernas se tambalean como las de un potrillo recién nacido. Me cuesta mantener el equilibrio, el agua me llega a la altura de las rodillas. Doy pequeños pasos porque sigo sin ver lo que hay a mi alrededor y no quiero chocar con algo o alguien. Genero diminutas olas con mis pasos, que se desvanecen en el vacío. Nada tiene sentido, es como un universo onírico.

—¿Y si morí? —probablemente me encuentre en una parte del infierno. Los nervios comienzan a invadirme; debo alejar estos pensamientos. Cada parte de mi cuerpo tiembla ante la idea. Me detengo un momento. Pellizco mi antebrazo. Me duele. Se supone que no debe doler—. ¿Acaso en la muerte se puede sufrir dolor físico?

Camino y camino pero parece que no avanzo. La luz sigue distante. "La esperanza es lo último que muere" —es lo que dicen—, y la idea de una salida me mantiene en marcha. Intento correr pero estoy estancada. La luz parece alejarse de mí —¿y si no existe?—. Me rindo. Jamás saldré de aquí. Estoy muerta. Lo sé. Este lugar debe de ser algo así como mi Averno personal. El resto de lo que queda de mí permanecerá aquí, en las tinieblas.

Me quedo hincada en el suelo húmedo. A unos cuantos metros de mí el agua comienza a salir a borbotones, y crea un hermoso espejo ovalado. Es perfecto. Una sombra brota de ella, su contorno destella una luz blanca. Es la silueta de una mujer pero no es normal, parece más un esqueleto, una *catrina* de José Guadalupe Posada, con sus ojos vacíos, su vestido elegante y su sombrero de plumas. La Muerte. Me penetra el espíritu con su sonrisa perversa.

Estoy temblando, no sé si por lo que acaban de ver mis ojos o porque tengo los huesos congelados.

—Anya, querida, tardaste mucho en llegar —su voz es ronca, intenta simular un tono maternal, casi melifluo. Una parte de mí dice que debo confiar en ella, la otra quiere salir huyendo cuanto antes. El vacío de sus ojos ataca los míos—, ¡llevo esperándote siglos!

—Hola. Soy Anya —me siento estúpida, obviamente esta persona o ser sabe quién soy, lleva llamándome por mi nombre desde antes de saber que estaba aquí—. Lo lamento —ahora me siento más estúpida—. Eso ya lo sabes.

—No te disculpes. Muchas personas no saben quiénes son, a pesar de que pasan la vida entera repitiéndoselo.

—Y ¿quién eres tú?

—¿Quién soy yo? Yo soy yo. Y tú eres tú.

—¿Cómo sabes mi nombre? —"Yo soy yo", ¿qué clase de respuesta es esa? Ella se ve demasiado relajada, revisa sus largas uñas con gran detenimiento. No entiendo. Ella es quien me llamó, y ahora me ignora. Insisto en mi pregunta—: ¿Puedes decirme cómo sabes mi nombre?

—¿Por qué no habría de saberlo? —gira hacia mí, me mira fijamente, con expresión disgustada y hace una mueca, como si esa pregunta se la hiciera ella misma—. Que tú no seas consciente de tu identidad, tu propio interior, no significa que yo la desconozca.

—¿Eso qué significa? ¿Acaso eres… algo así como… mi conciencia? —la idea me provoca temblor en las manos—. ¿Eres yo?

—Querida, soy una parte de ti. Sería terrible ser tú —su actitud es algo irritante—. No te ofendas, pero ¿cómo andas por la vida después de haber olvidado?

—¿Haber olvidado qué? —no tengo nada que olvidar, no sé a qué se refiere. "Escapa, escapa, escapa", no dejo de repetírmelo, pero no actúo—. Yo… no he olvidado nada. No recuerdo nada.

—Que no lo recuerdes no es señal de que no haya pasado. ¡Porque claro que pasó! Y él lo recuerda. ¿Por qué tú no?

—¿Él? ¿Quién es él?

—Esa es una buena pregunta, querida. No lo sé. Puedo decir que tú tampoco lo sabes. Pero su identidad no tiene relevancia. Lo único que importa es lo que tu cerebro no consigue traer a la memoria.

—Pero si su identidad no es relevante, ¿qué importancia puede tener entonces?

—Vaya que eres obtusa, niña —su tono es severo, frío—, ya te expliqué que a pesar de que muchas personas pasan todos los días de su vida repitiendo su nombre, nunca encuentran su esencia. Porque les falta algo, están incompletos —hace demasiados movimientos con las manos y eso me marea—. Cada suceso de la vida, por insignificante que parezca, es fundamental. Si pierden una minúscula parte de lo que los hace ser ellos, se pierden. ¡No saben quiénes son!

—No comprendo en absoluto. ¿Qué hago aquí?

—Tú lo sabes, mi querida niña…

—¡No! No lo sé, y exijo que me des respuestas con sentido —estoy desesperada, y en mi frustración me jalo el cabello, termino cubriéndome el rostro con él—. Porque nada en este sitio parece tenerlo.

—Evidentemente, querida, no lo tiene. Tu alma debe de estar realmente torturada.

—No entiendo nada —me pongo en cuclillas y sollozo, no quiero llorar, no frente a ella—. Necesito saber qué hago aquí.

—Eso tú ya lo sabes. Pero no te preocupes, no necesitas comprender nada, solo debes abrir tu mente. ¿Por qué los seres humanos se cuestionan todo? Deja de negarte a ti misma la realidad. Todo lo que te ha lastimado alguna vez está dentro de ti —la última frase la dice con una escrupulosidad, que me dan ganas de esconderme bajo una roca. Me atemoriza.

—¿Por qué no me dejas ir?

—No puedes irte, porque ya estás donde debes estar. Además —hace una larga pausa, enciende un cigarrillo que saca de su manga y lo fuma con toda tranquilidad—, si tú quisieras irte, ya habrías encontrado la salida.

—Aquí no hay ni siquiera entrada. ¡No sé cómo llegué! ¿Cómo se supone que encuentre la salida?

—Ese es tu problema.

—¿Qué quieres de mí?

—Quiero que seas libre, Anya.

—¿Qué eres? ¿Mi ángel guardián? —no es mi intención ser sarcástica, pero lo soy y, al parecer, a ella no le gusta mi altanería.

—¡Ja! Te haré libre, chiquilla malcriada —está ofendida. Lo noto. Igual sigo en mi papel de niña mala.

—¿Ah, sí? ¿Y cómo pretendes hacer eso?

—Con la verdad. Puedes mentirle a todo el mundo si te lo propones, pero nunca lograrás engañarte a ti misma. Yo lo sé. Prueba de ello es que te encuentras aquí —sus ademanes son lentos y cuidadosos. Su mirada vacía me aniquila, me mantiene quieta. Tira el cigarrillo, lo consume el agua. Tengo miedo. "Es un sueño, es un sueño", repito en mi mente para tranquilizarme—. Es momento de recordar, Anya; no puedes seguir evadiendo el pasado.

En este instante, a pesar del pavor que me invade, no lo dudo: me levanto y salgo disparada en dirección contraria a este enigmático personaje. No avanzo. El agua me retiene. El espejo aparece una vez más frente a mí. Me sobresalto. Tropiezo con mis torpes pies y caigo en el suelo. Mi respiración se agita, puedo ver cómo un vapor frío sale de mi boca, quiero llenar mis pulmones de aire, ¡necesito más aire! Me arrastro para seguir huyendo, pero sus manos largas salen del espejo, me sujetan el tobillo. Me detengo en seco. Ella me suelta suavemente y se acerca a mí.

—¡Cuéntame lo que sucede cuando la oscuridad llega! —sus huesudas manos me apresan los brazos, intento zafarme, pero es imposible. Lágrimas de impotencia caen de mis ojos. Ella ríe, parece que disfruta mi dolor, sus carcajadas resuenan en mi cabeza—. Ahí se esconde tu mayor secreto. ¡Adelante! Grita y patalea todo lo que quieras, aquí permaneceremos hasta que seas libre —su expresión se vuelve seria y compasiva—. Así que dime, querida, ¿qué te atormenta por las noches?

—¡Aaah! ¡Esto no puede estar pasando!

—Tengo todo el tiempo del mundo, querida. Pero tú no, así que habla.

—Pesadillas. Tengo pesadillas… —mi voz es temblorosa. Ella me suelta. Mis manos caen a los costados sin energía, sin ganas de luchar. Me siento en *shock*. No hay salida.

—Ya veo… Y en tus pesadillas, ¿hay oscuridad? —sus fosas nasales parecen expandirse y en la oscuridad que ocupa el lugar de sus ojos, puedo vislumbrar un brillo.

—Solo al inicio, después la luz comienza a nacer en los rincones… —dudo un poco, pero decido ser sincera—, y quema.

—¿Algo así?

De pronto, el agua comienza a hervir, la temperatura sube y el sudor en mi frente es inevitable.

Una chispa comienza a arder, y una flama pequeña se materializa ante mí. Mi pesadilla comienza de la misma forma... El fuego me rodea. Quedo hipnotizada ante el baile de las llamaradas. A veces, solo soy yo tratando de escapar. Unas llamas interminables, que no importa cuánto corra o en qué dirección, siempre están ahí, dándome camino, pero negándome la salida. Y en otras ocasiones, una persona emerge de la negrura de la noche. Como una sombra con vida propia. Simplemente está ahí, no hace nada, no dice nada y nunca puedo ver su rostro. Sin embargo, hasta en mi sueño más profundo puedo sentir su mirada atravesándome el alma. La angustia que suelo tener en mis noches de desvelo me acompaña durante el día. Siempre trato de recordar detalles o su cara, y cada día fallo en esa penosa tarea que me impongo.

—Fuego. Había fuego esa noche —la catrina abre tanto como puede los oscuros orificios donde deberían estar sus ojos. Sonríe de manera tenebrosa. Ella sabe la razón de mis pesadillas. Conoce el motivo por el cual me despierto en la madrugada sudando frío, gritando, sintiendo calor. Buscándolo.

—Mi querida Anya, vas por buen camino. Estoy anonadada —hace gestos exagerados con sus manos y su boca—. ¡Hay un cerebro en esa cabecita!

—¿Por qué me haces esto? ¿Por qué me torturas así? —enojo, frustración, impotencia. Son tantas emociones al mismo tiempo que en realidad no sé exactamente qué siento. Quiero llorar, pero ¿por qué?—. ¿¡Qué hice!?

—¡Olvidar! —golpea el suelo con sus manos y levanta el agua.

Hace un movimiento rápido y se coloca a centímetros de mi cara—. Estoy aquí para recordarte, querida, que, aunque hayas olvidado el pasado, no significa que se quede atrás —sus uñas hacen ruido al chocar entre ellas. Está furiosa conmigo—. Los fantasmas del ayer regresan, porque no les agrada ser olvidados. Y tú lo olvidaste.

¿Qué olvidé? ¿A quién? Me duele la cabeza. Permanezco arrodillada frente a ella, la miro directo a sus cuencas vacías. Continúa haciendo ruido con sus largas uñas, pero ahora lo hace a propósito. Quiere fastidiarme. Y está consiguiéndolo; el sonido es insoportable. De repente el chasquido cesa. El silencio entre nosotras es abrumador. Me dejo caer al suelo como una muñeca de trapo. Ella se levanta, el crujir que provoca hace que mi piel se erice. No sé qué quiere que recuerde, nada tiene sentido. Volteo a verla desde el suelo húmedo. Su expresión muestra preocupación, pero la sonrisa burlona no desaparece. Une sus manos huesudas en posición de rezo. Camina lentamente hacia mí, cantando algo que me es incomprensible. Se arrodilla a mi lado y me acaricia el cabello.

—Tú no tienes remordimiento, pero tampoco reminiscencia alguna de lo ocurrido. Evidentemente necesitas un poco de ayuda, querida —su dedo sin vida, chupado, me acaricia la mejilla, lo desliza por el contorno de mi rostro, y al llegar a la frente hace presión. Me duele, quema.

Y de repente, oscuridad absoluta, como en mis pesadillas. Me muevo, puedo sentirlo, pero no veo nada. Me siento atrapada. Mis pulmones se están quedando sin aire. Destellos comienzan a arder, produciendo pequeñas fogatas. El lugar se ilumina. Ahora lo recuerdo. El incendio.

Está atardeciendo, el cielo se colorea de tonos rojizos y anaranjados. Estoy en el área de farmacia del minisúper de doña Dolores, buscando un medicamento para mi hermana. Deambulo por los pasillos de la tienda durante casi una hora. No hay clientes; la señora Dolores sale a regar unas pequeñas macetas que tiene en la entrada de la tienda. Un chico entra por la parte trasera, lleva puesta una sudadera gris. La capucha le cubre la cabeza. No veo su rostro, pero permanezco alerta en caso de que intente algo.

Un estallido que proviene de la bodega distrae mi mirada del joven. Cortocircuito. Se va la luz. Vuelvo mi mirada al chico. Él también me mira. Intento adivinar sus planes. De seguro quiere robar y yo le estorbo.

Suenan chasquidos. Ambos volvemos la mirada hacia la bodega. No es posible verla. Todo se ha cubierto de un denso humo y flamas que se dispersan muy rápido. No sé qué hacer. Me quedo paralizada en el pasillo de vendas. Él vuelve a mirarme. Un nuevo estallido. Me espanto. En un intento por huir empujo la estantería de vendas. Como en cadena van golpeándose una a otra hacia el lugar donde está el joven.

Me descontrolo. Corro hacia la salida cubriéndome la nariz con mi playera. En mi desesperación por escapar tiro todo lo que se cruza en mi camino, lo cual aviva más las llamas. Llego a la puerta, algo me obliga a detenerme. Miro hacia atrás. Intento encontrar al chico. Es imposible. Su camino de salida está bloqueado. En el fondo, entre dos estanterías que quedaron superpuestas lo veo, su playera comienza a arder. No puedo oírlo pero sé que grita. Me quedo inmóvil ante la horrible escena, justo a unos pasos de la entrada principal.

El chico termina sucumbiendo a las llamas y cae al suelo; una parte del techo cae sobre él. Desaparece de mi vista; y me quedo sin habla. Unos brazos fuertes me cargan hacia afuera. Es un bombero. Me pregunta si hay alguien más, y no tengo palabras. No digo nada. La señora Dolores le dice que en la tienda solo estábamos ella y yo. Y sigo sin hablar.

Mi familia viene por mí. Permanezco con la mirada perdida. Llegamos a casa, mi madre me mete a la cama y me dice que lo olvide. Y lo hago. Lo olvido: el fuego, la farmacia, el olor a quemado... a él. Y me quedo con la versión que todos conocían; la que no duele.

Caigo al agua, mi cuerpo se sumerge, como si alguien me hubiera arrojado de un tercer piso. La sensación es la misma, y siento que me ahogo a causa del humo del incendio. Esa visión fue tan real como volver a vivirlo. La piel aún me arde, como en aquel día. Un llanto ahogado me quiebra por dentro. Me duele tanto... tanto... Me quedo en posición fetal. La catrina sigue arrodillada junto a mí. Escucho tronar sus huesos. Se pone de pie y se aleja.

—¡¿Crees que tienes derecho de martirizar a las personas?! —se detiene ante mi reclamo. Su postura erguida la hace ver imponente; en cambio, yo soy un ovillo humano lleno de frustraciones—. ¡¿Eh?!

—Solo tengo derecho de martirizarte a ti, querida... —su voz suena tan tranquila que me desquicia.

—¿Por qué no me dejaste seguir con ese breve momento de mi vida anulado de mi mente?

—A los muertos no les gusta ser olvidados.

—¡Yo no lo conocía! Además, ¿qué importancia tiene ahora?

—Tiene la misma importancia que tuvo hace casi un año. ¿Crees que solo tú sufriste? ¿Qué me dices de él? ¡Él está muerto! ¿Y sabes qué es lo peor, querida? Que no pudiste y no puedes cambiar nada. Ese chico merece ser recordado, después de haber sido olvidado.

Sigue de espaldas a mí, rígida. Pareciera que sus puños van a fracturarse. Logro levantarme. Toma una pluma de su sombrero y juguetea con ella entre los dedos.

Limpio con mis manos las lágrimas que descansan en mis mejillas. Respiro hondo y las palabras que habían estado atoradas en mi garganta fluyen.

—Hay un chico —no, eso ya pasó—, había un chico en la tienda, entró por la parte trasera de la tienda, por eso doña Dolores no lo vio, pero yo sí. Había un chico. ¡Había un chico! —grito tan fuerte como puedo, tanto que me raspa la garganta—. Había un chico…

—Sí, Anya, lo había… —me mira una vez más y sonríe. Detesto su sonrisa.

La catrina se disuelve en el ambiente. Queda su risa burlona acompañando el canto del viento, una tenue luz ilumina el entorno.

Extrañamente, me siento bien. Ligera, como si me hubiera quitado un gran peso de encima.

Ahora…, ¿cómo salgo de aquí? Ya no hay nada, no hay nadie. Solo yo. Camino lentamente porque la visibilidad es nula. El sonido que produce el agua entre mis pies me relaja. Respiro profundamente; hace mucho que no me sentía tan aliviada. En paz. La catrina tiene razón. En ese momento no podía hacer nada, y ahora el tiempo ha pasado y lo que pudo haber sido ya no será. Sin embargo, ahora entiendo que él tenía derecho a un vago intento de rescate, sin importar que en el fondo de mí, yo sabía que ya era tarde… Ya es tarde.

—¡Despierta! —una voz muy similar a la de la catrina me grita—. ¡Despierta! ¡Despierta! ¡Despierta!

Abro los ojos, la luz solar se filtra entre las cortinas. Pataleo como lunática y caigo de la cama. El golpe me regresa a la realidad. Miro a mi alrededor, estoy en mi habitación; nada parece fuera de lo normal. Localizo el reloj despertador y termino con la incesante alarma.

Me levanto y camino hacia la ventana. El sol brilla en todo su esplendor, el aire es fresco, es una bella mañana de domingo. Un escalofrío recorre mi piel. Todo fue un sueño, uno tan real... Miro mis dedos de los pies, están arrugados, igual que mis manos. Volteo la vista hacia el calendario: 31 de enero, recuerdo la fecha. Hoy se cumple un año del trágico incendio. El chico... Había un chico en la tienda. Él es la persona que siempre me acecha en mis sueños. No quiere ser olvidado.

Me arreglo un poco el cabello y me lavo la cara. Aunque he dormido bastantes horas, me siento agotada, con un gran dolor muscular. Bajo a desayunar aún con el pijama puesto. Me sirvo un plato de cereal, me tumbo en el sofá y enciendo el televisor en el canal de las noticias locales. Una sensación desconocida me recorre la espalda. En la pantalla, el rostro de doña Dolores en primer plano. Están transmitiendo desde la tienda. En una esquina la leyenda de "MEMORIA 2017. Hechos de enero". Es un especial de los acontecimientos del año.

—El cuerpo de un chico fue encontrado días después del accidente. Fue identificado como Fernando Villaseñor. Vivía en una localidad vecina, un poco lejos del lugar —la voz en *off* de la reportera va acompañada por una fotografía de él. No olvido su rostro, podría describirlo al detalle: ojos oscuros como la noche, el cabello rebelde, de color castaño, nariz pequeña y cejas pobladas. Era muy joven.

¿Por qué me congelo al ver su cara en la pantalla?

"No fue mi culpa", me lo repito una y otra vez. "No podía hacer nada", intento convencerme.

—En unos momentos tendremos el testimonio en vivo de los padres de Fernando...

La conductora roba toda mi atención. Irán allí. Es mi oportunidad. Dejo a un lado el plato de cereal, voy directo a mi habitación y busco unos pantalones, me pongo la primera blusa que encuentro, unos tenis y listo. Observo mi imagen en el espejo, me miro fijamente; tengo unas ojeras terribles. Pienso en Fernando... No debió morir.

¡Debo darme prisa! El local no está lejos de casa, así que voy a pie. Acelero mis pasos. Llego al lugar, todo está renovado. Sus padres aún no llegan. A un costado de la tienda, hay una pequeña cruz. A lo lejos alcanzo a ver su nombre: Fernando Villaseñor. Regreso unas cuadras atrás y corto flores de un jardín. Son para él. Camino en dirección a la cruz pintada de negro, me arrodillo y las coloco de manera horizontal. Escucho un escándalo, el camarógrafo y el conductor se preparan, han llegado.

Encienden las cámaras y escucho a la señora hablar de su hijo. Luce serena, reconozco en su rostro los rasgos de Fernando.

Escucho cada palabra.

—Fernando era un soñador. Creía que podía cambiar las cosas. Decidió dejar de estudiar durante este año para dedicarse a viajar... No era cualquier viaje. Él anhelaba escribir, tenía el deseo de ser la voz de toda nuestra comunidad. Así llamaba a los inmigrantes... Decía que teníamos un sello en la frente. Que nadie nos veía como iguales, solo por llegar a este país esperando sobrevivir...

Me duele Fernando. Ya no solo es un rostro, un grito en medio de las llamas. Ahora tiene una historia en la que yo me convierto en una de esas miradas que ven su "sello". Trago saliva, las lágrimas corren por mis mejillas. Me duele.

Cuando terminan, la mamá del chico se acerca a doña Dolores. Recorren los espacios de la tienda. No puedo dejar de observarlas. Llegan al rincón exacto donde los estantes cayeron. Me acerco a ellas.

—Disculpen que las interrumpa, me gustaría…

—Descuida, linda; no pasa nada —me siento apenada.

—Ella es Anya —doña Dolores se me adelanta y me presenta—. Ella también estuvo aquí el día del incendio.

—Yo solo quería decirle… —siento un nudo en el corazón que me impide seguir hablando, pero debo hacerlo—… Yo también estuve presente… esa noche… Vi a Fernando —señalo el espacio entre las góndolas—… justo ahí. Me asusté, pensé que era un ladrón… y luego, al ver el fuego, corrí, y al hacerlo empuje los estantes, interrumpiendo el paso de su hijo —mi voz se entrecorta. Hago esfuerzos por continuar a pesar del llanto—. ¡Perdón, señora! ¡No pude hacer nada!... Y luego… luego tuve miedo y no dije nada; y creo que ese mismo miedo borró todo de mi cabeza. Lo olvidé… Olvidé a su hijo… ¡Lo lamento tanto!

La señora no dice nada. Solo me mira, pasa su mano por mi cabello y se marcha.

Mientras camina puedo escuchar que repite una frase, casí como letanía:

—"Tenemos un sello, mamá, un sello… y ese sello nos hace menos".

El sol brilla en todo su esplendor. Siento cómo quema mi piel, me siento más viva que nunca. Sé la verdad, la versión oficial: había alguien más; un joven, su nombre era Fernando, tenía sueños, grandes sueños. Heridas, miedos y una causa. No pude salvarlo. Ganó el miedo. Y por él, y por mí, me voy a aferrar a mi existencia. Por su fragilidad, por vivir todo lo que él no pudo; por el pasado que siempre estará presente y por el futuro, que siempre tendrá sorpresas, y porque la vida es demasiado corta para desperdiciarla.

Hoy viviré.

Karen Salas. México. Dicen que si te enamoras de un escritor nunca morirás. Vivo enamorada de cada pequeño detalle y quiero que las personas importantes en mi vida nunca mueran, por eso escribo. Para esto vivo. Soy optimista y adicta al café por las mañanas; mi color favorito es el rojo, pero no me gustan las rosas rojas. Estudié Ingeniería en Sistemas Computacionales, pero me dedico a algo completamente diferente. Hablo de libros en YouTube, en mi canal Kayuri Books.

Cinco retos para morir

Dhierich Jarwell

—Prométeme que regresarás.

—Yo jamás te dejaría, amor.

—Prométemelo.

—Te lo prometo…

La miro. Sus ojos dulces y bondadosos me ciñen con un calor sorprendente.

—No seas tonta. Es solo un viaje de fin de semana.

—¡Ni siquiera sabes a dónde vas!

—Sí sé. Ya te lo dije. Es un campamento en el bosque.

—¿En qué bosque?

Se ve muy preocupada. Como si de verdad estuviese temerosa de perderme. La tomo de la mano. En parte tiene razón. La convocatoria fue ambigua, misteriosa.

—Te amo, mi reina. Nos vemos el domingo.

La beso. Suspira, resignada.

—Regresa con bien.

Me pongo el casco, subo a mi Harley y acelero; sorteo el tráfico de la ciudad con impaciencia; al fin salgo a la carretera. Tendré que manejar un par de horas para llegar al punto de encuentro.

Disfruto el viaje. Me encanta sentir el ronroneo grave y manso de la máquina 1200 bajo mis piernas. Pero mi cabeza es otra máquina que no he podido domar. El flujo increíble de mis pensamientos me abruma; estoy nervioso. Quiero que suceda algo especial. Necesito organizar mis ideas, pensar en mis temores aún no vencidos, en mis traumas no superados. Hay algo en mí que no está bien, que precisa mantenimiento interno. Por eso voy al campamento. Me urge encontrar la fuerza para liberarme de ataduras antiguas que no me dejan ser feliz.

El frío del aire se cuela por mi chamarra de cuero semiabierta con las mangas recogidas a tres cuartos de mis brazos. Disfruto el placer de los vellos erizados como espinas de cactus. Comienza a lloviznar. Eso ya es diferente. No quiero llegar mojado y congelado. La lluvia arrecia. Le doy alcance a un auto que disminuye la velocidad. El suelo está resbaladizo. Soy consciente del peligro. El auto frente a mí acelera. Lo sigo de cerca. Suelto el manubrio con una mano para buscar el cierre de mi chamarra. Se atoró. Lo destrabo. De pronto y sin ninguna razón el auto delante de mí frena en seco. No tiene por qué hacerlo. El camino está libre. Pero al parecer hay un enorme charco. Freno con el pie, pero no es suficiente. Veo como en cámara lenta que el auto detenido se aproxima a mí y yo a él. El choque es inminente. Es un coupé de dos plazas. Rojo, bajo, diminuto. Mi motocicleta se estampa en su defensa y salgo volando por los aires.

—Prométeme que regresarás.

—Yo jamás te dejaría, amor.

—Prométemelo.

—No seas tonta. Es solo un viaje de fin de semana.

Empiezo a ver imágenes confusas. A modo de breves pantallazos pasan por mi mente momentos que había olvidado, o tal vez bloqueado de forma inconsciente para que no me hicieran daño, pero, a decir verdad, haberlos tenido detrás de los muros no me dejó superarlos. Por esto, aun con dolor y lágrimas, les permito mostrarse.

El bosque está frente a mí; respiro con desesperación, se ve oscuro, enigmático, casi fantasmal. Siento miedo, incertidumbre; como si el aire helado ahora paralizara mis deseos de seguir adelante.

A lo lejos hay un hombre de estatura media alta; avanzo. Descubro su figura; es mi padre, lo sé por su porte elegante y su corte de cabello varonil, a la antigua; lo sé por su llamativa pose de donjuán.

—Hola, hijo.

—Papá.

—¿Cómo te sientes?

—Bien. ¿Qué haces aquí?

—Tú me llamaste. ¿Qué querías decirme?

Estoy muy confundido.

—¿Yo te llamé?

—Gritaste. Fue un grito desgarrador: "¡Papá. Ayúdame!".

—Sí... ya lo recuerdo.

Volteo. Estoy en una especie de mirador desde donde se ve el camino.

Hay un hombre tirado en la carretera.

Aún no tengo idea de lo que ocurre; sin embargo, algo me dice que esta noche podré romper las cadenas que me atan a la infelicidad. Sin dudarlo un segundo más, acepto la conversación.

Mi padre aclara:

—Alguien muy poderoso detuvo el tiempo en tu honor; estás atrapado en un páramo de dudas. Te lo diré con sinceridad: no te será fácil salir de aquí; estás en el filo de la muerte. Ahora tienes que enfrentar varios retos. Cinco al menos. Si logras superarlos, tu existencia nunca más estará vacía; estarás lleno. Podrás llenar a otros; así que adelante, haz lo que debas.

—¿Lo que deba?

—Sí.

De pronto todo parece cobrar sentido. Comprendo que los años no curan, lo único que lo hace es el perdón. Pero me cuesta decirlo. Soy un adulto. Mi padre ya no puede hacerme daño. Hablo:

—Tengo algo que decirte. Y no es un reclamo… Ya no; ahora es distinto. Te perdono, papá. Te perdono por cada cumpleaños en que estuviste ausente de mi vida, por cada maltrato; por el daño psicológico y por haberme hecho sentir durante muchos años que nunca fui tan importante como para merecer el verte orgulloso de mí. Te perdono por hacerme creer que, aun siendo un niño indefenso, debía ser yo quien se preocupara por ti, y por hacerme creer que era yo el culpable de tu abandono.

Mi padre agacha la cabeza. No tiene nada que refutar. Se hace a un lado… Sigo sin entender… Pareciera que mis palabras hubiesen abierto el camino para que pudiera seguir andando. Prosigo sorprendido mirando el cielo, está oscuro. Ha dejado de llover. Estoy seguro de que hace pocos minutos solo había tonalidades oscuras, pero ahora vislumbro algunas estrellas que iluminan un sendero sinuoso y agreste.

El frío se hace notar de una forma peculiar, me hace sentir su gélido viento, me da oportunidad de disfrutarlo y me mantiene en movimiento.

Ahora que lo pienso mejor, estoy en busca de iluminación, en busca de aceptar mi pasado sin dejarlo dañar mi presente y mi futuro. En eso consisten los cinco retos a los que se refirió mi padre.

A pocos metros, alcanzo ver a un niño; es una visión escalofrian- te, pero me aproximo a él con curiosidad y mientras más me acer- co, más envuelto en su hálito me siento. Es como si conociera esa fragancia; como si adivinara sus ganas de ser protegido; me acerco más. Doblo mis rodillas para estar a su altura. Es un niño indefenso. Quiere huir.

—No temas; no voy a lastimarte. Tampoco es mi intención asus- tarte —lo observo de cerca—. Me recuerdas mucho a alguien.

—Hola —responde con tristeza.

—¿Qué haces tan solo en el bosque a estas horas de la noche? No es seguro. ¿Dónde están tus papás?

—No sé. A ellos no les importo. Solo me miran cuando hago algo que dicen que es malo y entonces me regañan.

Yo conozco a ese niño. Casi puedo adivinar sus pensamientos.

—Te gustaría que te pusieran más atención, ¿cierto?

—Sí, algo así. Mi papá nunca ha estado. Se fue desde hace años. Sin decir nada. Sin despedirse. Recuerdo haberme dormido una no- che y a la mañana siguiente, al despertar, él ya no estaba. Mi madre, al contrario, se ha dedicado a cubrir su espacio, olvidando el que ocupaba ella. Fue cambiar un vacío por otro. Un espacio se tornó doblemente vacío y el otro se quedó a medio llenar.

Son palabras muy profundas para un niño. ¿Qué edad tiene? ¿Y por qué habla así?

—Creo conocer tu historia —digo, perplejo—. Llevo años lidiando con ese sentimiento extraño de creerme culpable de todo.

El pequeño alza su rostro para verme, con una mirada que conmueve mi alma. Reconozco esos ojos, ese rostro atribulado pidiendo a gritos protección y amor. Soy yo… ¿Cómo puede estar sucediendo esto? Entiendo que me había olvidado de mí mismo, sin saber que ya tenía las fuerzas suficientes y el amor inmenso que necesité de pequeño.

—¿Me dejas abrazarte?

—Hazlo… Por favor.

Y entonces lo abrazo. Quiero decir, me abrazo. Y siento la paz de una reconciliación que debió suceder hace muchos años. Con ese abrazo enfrento mis fantasmas y apaciguo la rabia que el olvido y la falta de protección crearon en mí. Me separo del niño. Lo veo.

—Voy a llamarte por tu nombre, y desde hoy tendrás el amor y la protección que por mucho tiempo te hizo falta. Nunca más estarás solo, porque me dedicaré a ti y sanaré las heridas de tu corazón, que también son mías.

—¿En… entonces ya conoces mi nombre?

—Sí, eres Dhierich. Y tengo que decirte algo. Tú no tienes la culpa de que tu papá se haya ido. No tienes la culpa de que tu madre se haya abandonado a sí misma. No tienes la culpa de nada.

Sonríe; retorna a mí y volvemos a abrazarnos, nuestras almas se hacen una. Compañeras inseparables. ¡Cuánto amor podemos encontrar en nosotros mismos!

Nos despedimos.

Camino. Tardo tanto en asimilar el último encuentro que pasan algunas horas; sigo caminando, pero no siento el cansancio, la caminata no agota mis fuerzas; al contrario, cada vez tengo más energías. Miro el cielo, hay estrellas, la luna salió de su escondite y empieza a dar destellos de hermosura. Aunque aún me resulta increíble este viaje de campamento, voy sin temor.

De pronto, percibo la presencia de una mujer parada a un costado del sendero; giro; voy hacia ella. Creo conocerla. Me detengo. ¿Será posible? En la distancia sonríe y con una voz muy dulce me pide acercarme más. Está como envuelta por una neblina.

—Este bosque es muy grande —comento—, estoy perdido.

—Estás perdido, pero no tienes miedo.

—¿Cómo lo sabes?

—Yo sé muchas cosas. Has llegado muy lejos y te has dado cuenta de que solo puedes encontrar respuestas dentro de ti; que solo tú tienes la estrella que no has podido ver en otros. Puedes triunfar si buscas respuestas en un Poder Superior.

Es ella. Ella usaba esas palabras. Metafísicas. Académicas. Frías.

—Mamá… Eres mi mamá…

—Pequeño.

Aunque su voz es dulce, se mantiene distante. Ella es así. Siempre ha sido así.

—No fuiste una buena madre.

—Te enseñé lo que pude.

—Eras experta en ver mis errores.

—Te equivocabas mucho.

—Sí, mamá, ya lo sé… Siempre me lo has dicho. Lo entendí a la perfección. Soy un tonto, ¿verdad? Lo sé. Lo soy. Cada error que cometo me lastima y me hace luchar para no cometerlo más. Pero tú me hundiste. Sufrí la injusticia de sentirme comparado; ambos sabemos que no puedo ser igual a nadie, conocemos a la perfección que sé lo que está bien y lo que no… Me torturaste con indiferencia, con falta de comprensión y reproches disfrazados.

—¿Por qué me hablas así?

—Porque es la verdad.

—¿Puedes perdonarme?

Debo avanzar. Debo llevar a cabo todo porque he descubierto que solo así puedo curarme. Culparla no me sacará del abismo a donde mis propios errores me empujaron.

—Sí —concedo—. Te perdono; además de hacerlo por amor, lo hago por mí.

Me abraza. La abrazo. Pero su abrazo sigue siendo un poco mecánico, casi como el de un robot. No importa. Está bien. Algo es algo. Ambos lo necesitamos.

Con la fortaleza de esa reconciliación dirijo mis pasos hacia la espesura del bosque, donde espero encontrar la paz interior que tanto anhelo. No quiero morir, mucho menos suicidarme lentamente con mi propio desprecio. Eso no resolvería mis problemas.

Al alejarme de mi madre, voy recordando mejor mis principios, esos que algunos humanos llevamos dentro, aun sin necesidad de que alguien más los haya inculcado.

Empiezo a sentir que mi alma despierta de ese sueño atroz donde todo resultaba mal, aun cuando solo deseaba conducirme hacia el bien. Unos rayos color azul brillante y algunos matices blancos llaman mi atención, la luna salió por completo y parece estar preparándome el camino para el próximo encuentro. Sé que hay más. Tiene que haber más.

Veo una silueta de gran altura y porte esbelto acercándose; me detengo. Percibo cómo se propone enfrentarme. La silueta se para justo frente a mí y aunque no habla, siento y escucho sus pensamientos. Una sensación horrorosa quiere apoderarse de mi espíritu. La silueta sonríe de modo sarcástico y un tenue rayo de luz blanca azulada alcanza la mitad de su cara.

—Hay un hombre tirado en la carretera —dice.

—Sí, lo vi antes de entrar al bosque. Pobre hombre.

—Eres tú… Soy yo.

—¿Cómo? No entiendo.

—Tuvimos un accidente.

—¿Tuvimos? —¿por qué habla en plural?—. ¿Quién eres?

—El espíritu no puede morir.

—¿Tú eres mi espíritu?

—Tú eres tu espíritu; yo soy solo la parte adulta de ti que creaste para que te recordara lo malo que eres.

—¿Y mi cuerpo? ¿Nuestro cuerpo? O como sea.

—En este momento están llevándoselo. Se encuentra en estado crítico. Como tú. Como siempre; eres torpe; has cometido muchos errores. Demasiados.

Protesto.

—Pero gracias a lo vivido, estoy haciéndole frente al futuro. Queriendo triunfar y ganarle de una vez por todas la partida al mal. Ganarte a ti.

La silueta parece entender mi resolución. Empieza a referir historias mostrándome los caminos malos que tomé. Vicios, mujeres, mentiras, engaños, ira, escenas dolorosas. Me muestra personas en las que confié y me traicionaron. Siento una lucha de poderes. Al fin y al cabo, estoy frente a mi viejo yo. Esa versión oscura que quiere seguir controlándome, mas ahora no permitiré que destruya mis nuevas decisiones. He perdido mucho tiempo de mi vida fijándome en lo malo y sintiendo lástima por mí. Pero comprendo su juego y no pienso seguirlo más. Doy pasos gigantescos hacia el frente y esa silueta empieza a retroceder; mientras lo hace, pierde poder y desaparece. Me siento diferente, hay algo nuevo en mí y no sabía cuán fuerte podía ser, hasta que ser fuerte fue mi única opción.

Camino. El bosque me abraza. Árboles enormes me cercan y crean una especie de habitación natural solo para mí. El ciclo que no veía completarse nunca. Las cosas ahora comienzan a encajar, mis pensamientos están en orden. La brisa fría de la noche ahora es tibia, o al menos así la siento. Sigo admirando la majestuosidad de estos inmensos árboles bien sostenidos por sus fuertes troncos, a su vez sujetos a sus profundas raíces. Estoy fijando las mías propias. Mis raíces.

Subo una gran colina, el bosque se abre en un páramo circular, hay un jardín de flores multicolor; entonces veo una estatua; alrededor de ella hay bancas, parece ser un pequeño, pero muy hermoso parque situado en medio del bosque. Al fin he llegado. Es aquí. El lugar del campamento secreto y misterioso.

Decido sentarme para contemplar el paisaje y admirar la hermosa noche con su precioso e infinito cielo lleno de luces titilantes. Unas delicadas manos tocan mis hombros y, asombrosamente, no siento temor; ese toque llega directo al alma, apacigua mis latidos y conforta mi corazón. Siento las lágrimas correr por mis mejillas.

—Chocaste en la motocicleta.

—Fue un accidente.

—Me prometiste que regresarías...

—Aquí estoy. No me he ido. Estamos juntos, mi reina hermosa.

—Pero quizá no estaremos juntos por mucho tiempo... Tal vez sea nuestra despedida.

—¿Quizá? ¿Tal vez? ¿A qué te refieres?

—Alguien muy poderoso detuvo el tiempo en tu honor; pero el tiempo se acaba. Tienes que decidir...

—¿Decidir qué?

—Seguir sintiéndote sucio o renovarte. Llevar contigo el peso de la culpa hasta el fondo del abismo, o arrancarte las cadenas que te han atado a la condenación, y volar... Morir o renacer.

El rostro de mi novia comienza a granularse y hacerse borroso, como si lo viera a través de una pantalla nebulosa.

—No te vayas... —le digo.

—Yo no me iré nunca. Lo sabes: siempre te amaré. Eres tú el que se está yendo.

Mi novia es hermosa. Imperfecta pero hermosa. Lo mejor que me ha pasado en la vida. ¿Por qué me quiere tanto? ¿Por qué ha estado a mi lado, aun sabiendo que no soy la mejor versión de mí? Ha tenido la fe más grande que alguien haya depositado en otro ser humano. Intenté manipularla muchas veces, mostrándole mi dolor, con el único fin de compartir mis desdichas con alguien y no sentirme tan miserable. Nunca fue culpable de mi dolor, pero yo siempre la culpé por no rescatarme cuando me sentía perdido.

—Yo estaba perdido —reconozco—, era difícil que me rescataras, imposible que me encontraras.

—Cielo, ya no debes torturarte —me dice, aunque su voz se escucha cada vez más lejana.

—Gracias, reina. He lastimado tu corazón a causa de mis miedos; has sufrido dolor por mis traumas del pasado; tú no mereces eso. Quiero decirte que eres ese pedacito de cielo que Dios concede en la tierra, para tener un lugar donde recuperar las fuerzas. Eres como una fuente inagotable de energía para mí; quiero ser lo mejor para ti; quiero darte todo; quiero darte una familia, construir un hogar para que lo llenes de ti y tu magnífica esencia. Porque tú haces que todo sea mejor aquí.

Todo se oscurece alrededor. ¿Qué está pasando? Ya no la veo.

Los árboles del bosque me susurran canciones alegres al oído. Siento un gran abrazo por parte de la naturaleza. ¡Y pensar que siempre sentí miedo de estar solo en medio de la noche, dentro de un bosque! ¡Qué ironía! La noche y el bosque ahora son grandes amigos para mí. También mis grandes maestros.

—¡Amor mío —grito—, no te vayas!

Esta vez no escucho su voz audible, pero percibo su respuesta en mi mente. Lo repite:

—Yo no me iré nunca. Lo sabes.

—Ven —le digo—, acércate a mí. No puedo verte, pero sé que estás aquí.

En la profunda oscuridad siento su presencia. Luego el toque de su piel. Me toma de la mano, acaricia mi cara. Susurro:

—Desde hoy conocerás a quien tus ojos mágicos vislumbraron. Tendrás la versión que miraste dentro de mí, gozarás a ese hombre de gran corazón, que siempre me dijiste que sabías que era yo. Mi cielo, he superado los cinco retos antes de morir. ¡Y quiero vivir! Superar mis miedos ha nutrido mi ser. Estoy renovado. Puedo compartir amor porque me amo. Puedo ser paciente porque tengo paciencia. Alcancé la paz porque he vencido las adversidades.

La oscuridad comienza a disiparse. Poco a poco. El velo negro de mis ojos se atenúa volviéndose primero gris, luego plateado, al final blanco. Los colores de un entorno indescifrable se presentan borrosos; me cuesta trabajo enfocar. Pero siento las caricias de mi princesa en el rostro. Escucho su voz. Es radiante. Alegre. Casi eufórica.

—¡Ha despertado! ¡Ha vuelto en sí!

Percibo que otras personas se acercan. Me rodean. No pueden creerlo. Dicen frases que apenas entiendo. Sobre una motocicleta hecha pedazos. Sobre un accidente catastrófico. Sobre un milagro inverosímil.

Al fin logro enfocar.

Es ella. Sus ojos dulces y bondadosos me ciñen con un calor sorprendente.

—Te prometí que regresaría.

Dhierich Jarwell. Nací el 9 de marzo de 1994 en la provincia de Chiriquí, Panamá. Mis estudios primarios y secundarios los cursé en el Colegio Adventista Bilingüe de David. Actualmente soy estudiante en la Facultad de Derecho y Ciencias Políticas de la Universidad Latina de Panamá. Me considero un amante de la literatura.

La chica de la sonrisa de nieve

Carlos Vesga

Mi personalidad introspectiva me envuelve en un manto de alejamiento. Mis canales de expresión han sido estacados por pensamientos exuberantes; a veces siento que me muero en la prisión del silencio. Habitan en mí preocupaciones que jamás encontraron oídos para reposar ni brazos para refugiarse. ¿Qué me ha sumido en el agujero del que soy rehén? Quizás la placidez del aislamiento, o el miedo a abrir mi corazón indigno. No hay infierno peor que sentirse descobijado por los padres o atacado por los hermanos. Es mi realidad: vivo destrozado en ese amasijo de dolencias que engullen a quien se cree incomprendido por los demás.

Veo el reloj. Se hace tarde. Es día de clases. Inundado por la refulgencia del alba no se despierta en mí, ni siquiera con la belleza del espectáculo matinal, el mínimo afán de incorporarme para ir a la universidad. Pienso en los maestros; tienen un vocabulario fastidioso y poco inteligible; al final de cada jornada apenas y puedo recordarlo. ¿Y qué caso tiene aprender de ellos si después no tengo con quién compartir mis pensamientos? Suspiro. Me estiro. Me quejo en silencio. Y sí, me levanto y voy a clases. Tampoco vislumbro otra alternativa. Con impaciencia y hastío me zambullo en la rutina. Al final del día regreso a casa con paso ágil, sin poder evitar mi permanente gesto de amargura.

Entonces sucede. El milagro que me rescatará del pozo.

La chica con la sonrisa de nieve.

Atravieso un extenso parque. Hace calor. Demasiado. Tal pareciera que el sol se ha propuesto martirizar por sus pecados a los transeúntes del sendero. La veo. Mi vista captura un ademán de saludo alzándose en el aire sin brisa. Es de una hermosa muchacha. Siguiendo la lógica del andante solitario que no confía en los saludos, deduzco de inmediato que hay alguien detrás de mí. Volteo. No hay nadie. Ni siquiera mi sombra. ¡Ella me ha saludado a mí! ¿Acaso me conoce? Me lleno de fuerzas y levanto la mirada hacia sus ojos. Me señala con el índice. Con un evidente movimiento de labios simulo decir «¿yo?». Ella lee mi gesto y asiente con la cabeza. Me pide que me acerque. Está sentada en un banco de madera, romántico y vetusto. Aproximo mis pies con prudencia y sigilo. Frente a ella, me cuesta trabajo entablar la conversación.

—¿Para qué me llamaste? —siempre he tenido como propia la costumbre de tutear a mujeres por mero automatismo.

Ella señala el asiento a su lado como invitándome a acompañarla. Me muevo despacio, incrédulo, asombrado.

—¿Necesitas ayuda?

La muchacha asiente moviendo la cabeza de arriba abajo.

—Dime ¿de qué se trata?

Palpa sus labios con las yemas de los dedos.

—¿Eres muda?

Me doy cuenta de mi imprudencia y de mi falta de valentía para pedirle una disculpa por preguntar. Pero ella vuelve a asentir.

—¿Sí? —¿de veras lo es?—. ¿No puedes hablar?

Me mira impasible y enigmática. El silencio ofuscador nos envuelve en una fosa de rubores. Entonces ella acude a mi rescate por medio de un lenguaje signado. Esos símbolos no significan nada para mí. Adivino que se trata de la mismísima lengua empleada por sordos y mudos.

Puesto que persevero en mi silencio, ella detiene sus señas, y me observa con la respiración acezante.

Luego introduce una mano en la maleta escolar que carga consigo. Extrae un recipiente de vidrio. Es una botella de jugo de mango de la que escurren gotas de agua reflectantes ante los rayos del sol. La chica da un par de golpecitos a la tapa de metal con la uña del índice y me dirige una mirada más desenvuelta como diciendo «¿podrías hacerme el favor?».

Entiendo. Me ha llamado para que le ayude a abrir esa botella. La tapa está pegada, y ella levantó la mano buscando a cualquier transeúnte que le pasara por el frente. Fue casualidad. Nada más. No hay magia en esto. No le intereso. Soy solo un "instrumento abrebotellas"; un tipo desechable, que pasa, hace su trabajo y se va… ¡Pero yo no quiero irme! Mi soledad es una cueva oscura y yo al fin estoy recibiendo un haz de luz en mi alma marchita…

Tomo la botella entre mis manos y me niego a abrirla… En cambio, analizo la belleza de la joven, por fin esclarecida. Debe de tener mi edad. Su piel blanca captura el brillo del ocaso en una beldad que habría codiciado Venus. Su cabello largo, lacio, nigérrimo, corona de forma idónea la preciosidad de su rostro. Sus ojos, teñidos de una maravillosa mixtura de verde esmeralda y azul zafiro, son las joyas más refinadas de la creación. Pero lo realmente atractivo de sus ojos es el poder que parecen tener para infiltrarse en los míos... Tan penetrantes como una punzada en el corazón.

Por varios minutos no hablamos. Ella no puede... y yo no quiero. Le digo en silencio con la mirada: "¿Por qué me llamaste en realidad? Esta botella fue un pretexto, ¿verdad? ¿No te encuentras bien? Yo tampoco. Tengo años de no estar bien. Pero el saber que existe alguien como tú puede darle un giro a mi existencia. Déjame ser tu amigo... Déjame alumbrarme con la luz de tus ojos, y habla aunque no puedas hacerlo con palabras, y desahoga tus voces en mí, que yo seré el oasis que has buscado".

Me ruborizo de nuevo. Lo percibo. He sido muy atrevido en mis pensamientos. Bajo la vista. Veo sus manos; parecen más suaves que cualquier material hecho para el encuentro del cuerpo con el alma a través del tacto. Pienso en tocarlas; tocar sus manos. Pero entiendo que sería un atrevimiento desmedido. Otro. Vuelvo a ruborizarme. De reojo percibo que sonríe.

Calculo su estatura: es pequeña en relación con la mía. Está bien. Mejor. Será más fácil abrazarla y protegerla. Levanto muy despacio mis ojos hasta llegar a sus labios. Antes lo sospeché, pero ahora descubro el secreto de su belleza extrema, la raíz del fulgor que obliga a mi corazón acelerarse: es su boca... es su sonrisilla de nieve; hay partículas de luz que destellan discretamente en los ribetes de esos labios. Como si se hubiese aplicado un brillo con diamantina tenue... o como si esa zona de su rostro delatara la luz de un ser angelical que se ha hecho mujer para cautivarme... Me quedo quieto. ¿Su sonrisa brilla? De pronto siento como si estuviese viviendo un momento irreal. Como si ella no existiera más que en mi imaginación. Entonces es ella quien me toca y señala la botella, su gesto es claro; me dice "ábrela por favor".

Lo intento. Pero con poca energía y menor intención.

No logro separar la tapa metálica.

—Esta botella no podrá más que yo —intento esforzarme; al menos lo aparento—, soy fuerte, soy grande, ninguna botella de jugo de mango podrá vencerme —pujo.

Se ríe. La he hecho reír.

En espera de las fuerzas y la virilidad que he jurado tener, ella saca de su mochila un plumón negro y una hoja blanca. Delinea algunas letras. Leo lo que, por obviedad, es el nombre que sus padres le han dado: *Sarita*.

—¿Tu nombre es Sara? —pregunto, llevado enteramente por el raciocinio, ese espectro plano, privado de todo color y emoción, que es por ende inhumano.

Ella niega sacudiendo el índice frente a mis narices. Choca la uña contra el nombre escrito en la página y lo señala con los ojos sin cesar con aquella mágica sonrisilla, como siendo cuidadosa —incluso cariñosa— al corregirme: "Es *SARITA, no Sara*".

—Ya veo —digo—, tu nombre, en sí, es *Sarita*.

Ella confirma con la cabeza.

—Siendo así las cosas —continúo la ya inaugurada presentación formal—, un gusto conocerte, Sarita.

Le tiendo una mano como el caballero que siempre soñé ser y ella la recibe como la dama que de seguro es. Pero permanezco unos segundos de más deteniendo su mano y extasiado con los brillitos de sus labios. Ella echa un vistazo a la botella que tengo en mi regazo.

—Ah… sí… Ya voy.

Y la abro… Tengo que hacerlo. No quiero parecer un pervertido o un acosador. Me pongo de pie.

—Aquí está, Sarita —me despido y volteo hacia otro lado por no atreverme a decírselo de frente—, adiós, ha sido un gusto enorme conocerte.

Recibe la botella y la pone a un lado. Estoy a punto de comenzar a caminar. Mis piernas se niegan. Espero escucharla gritar "no te vayas, quédate a mi lado". Pero ella es muda. No puede hablar.

Percibo que retoma la escritura.

Aguardo.

Me entrega la hoja.

No entendí lo que dijiste al final. Te volteaste. Yo leo los labios…

Asiento. Me aseguro de verla de frente y articular despacio.

—Te decía que ha sido un gusto enorme conocerte.

Vuelve a escribir, esta vez es un párrafo más largo. Aguardo.

Leo con un frenesí que hacía años no experimentaba. El elogio de sus letras toca una fracción de mi alma de la que colgaban telarañas:

Me pareces un chico muy simpático. En un principio no pensé que te detendrías a ayudarme. Pero lo hiciste. Gracias. Por algo eras tú quien pasaba frente a mí en ese instante. Me gustaría verte en otra ocasión. Conocerte mejor.

Exalto su caligrafía, equiparable a su divinidad y a la calidez de su trato.

—¿Te parece bien mañana? —sugiero—, ¿a esta hora, en este mismo lugar?

Firmamos el pacto con un apretón de manos.

La sonrisa de despedida de Sarita estremece mis voces internas, que a su vez se vuelven alaridos que alimentan mi caballerosidad. Su jovialidad inyecta en mis venas un impulso que llama a la locura, sin embargo el impulso es rebasado por la paz que la blancura de su sinceridad estampa en mis nervios.

Me duelen esos pasos de separación (y sí, poco o nada me importa que la palabra "separación" sea prematura para una recién conocida) que me distancian de ella para conducirme a casa.

En lo que resta del sendero distingo cierto enardecimiento en mi cuerpo que me eriza los pelos y acelera el ritmo de mi respiración.

Quizá solamente me invade el entusiasmo de haber conocido a alguien novedoso, y también que aquello avivó mis ansias por el hecho de que se tratara de una mujer hermosa; sin embargo, como una liberación contra la opresión de la oscuridad que me asola, Sarita simbolizó aquello por lo que tanto he rogado: la lejanísima pero real posibilidad de tener a alguien con quién compartir mis risas y purgar mis lágrimas, alguien en quién pueda confiar hasta lo más recóndito del corazón para mostrarme como soy, alguien que entienda mi soledad inhumana y que al comprenderla demuestre la forma de vivir más humana de todas.

Esa noche, bañado por el misticismo de la luna, no hallo un punto de confluencia entre el sueño y la vigilia. La imagen de la chica en el parque abarca mis pensamientos hasta el grado de no dejarme descansar. Veo en una duermevela alucinante la apacibilidad de su compañía, sus ojos que penetraron en los míos, y la sonrisa de nieve que me relumbró con una magia indescriptible.

Tanto como la noche, las horas del día siguiente me parecen eternas.

Al fin llega el momento de la cita. Voy al parque... Puntual. Sospechando que ella no acudirá. Pero ahí está. Ha llegado antes que yo.

La distingo y, a manera de un circuito eléctrico en el que se ha pulsado el interruptor, mi corazón acelera su ritmo. Soy consciente de que no es la primera ocasión que me sucede algo así. Ni será la última. Me pregunto si algún día los topetazos de mi pecho menguarán cuando la vea.

Nuestra conversación es extraña. Ella escribe y yo hablo. Por la naturaleza de estos medios siempre termino diciendo más cosas. Hablando más... y ella termina escuchando. Escuchando más. Pero lo hace con agrado. Siempre atenta al movimiento de mis labios... Sin embargo, me doy cuenta de que el intercambio es injusto. Así que me callo y comienzo a escribir.

Percibo que esta confluencia es mucho más sana, en un par de horas nos sentimos como dos amigos que llevan un vínculo de décadas.

Al día siguiente volvemos a reunirnos. En el mismo lugar y a la misma hora.

Al día siguiente también.

Intercambiamos nuestras visiones de la jornada. Sin creerlo factible, disfrutamos de diálogos escritos (que inclusive ella tiene la delicadeza de indicar con un guion largo y un punto al final) más de lo que pudieron haberme fructificado lustros de plática oral.

Reflexiono acerca del candor que me ha abrigado desde que la conozco. ¿Qué es? ¿Cómo he de reaccionar? ¿Cómo ella lo ha inducido en mí?... Mi abstracción se frena al percatarme de que sus ojos examinan cada uno de mis gestos. Después de su escrutinio, una tarde escribe algo que me sabe a reclamo amoroso.

He visto tu alma… Eres un hombre triste. Quisiera verte feliz.

—¿Por qué me dices esto? —esta vez hablo en voz alta, más por evasión que por cuestionamiento.

Deja de fingir, somos amigos. Puedes confiar en mí.

—No tengo idea de lo que me dices, Sarita.

Persiste. Ni mis más ingeniosas estrategias para ser esquivo son capaces de evadir su mar de interrogantes.

Con la paz de un ave libre de la crueldad acerca su mano a la mía con lentitud.

Pido a Dios que me confiera el poder de enfriar mis manos, para que ella no detecte la forma en que mi sangre hierve. Se da cuenta de mi creciente aprensión. Introduce sus dedos en las divisiones de los míos, los cierra y la muralla que custodiaba mis más profundos secretos se desvanece, con el mismo estruendo con el que debieron caer las murallas de Jericó ante el sonar de las trompetas.

Comienzo a hablar. Ya no me doy cuenta de si estoy hablando de frente o no para que ella lea mis labios. Solo hablo. Poco a poco descargo mis inquietudes; cada decepción, cada día tempestuoso, cada emoción reprimida o resquebrajada por la soledad. Ella me ofrece su calor, la paciencia de extraer hasta la última gota del veneno que me inhibe. Brinda consuelo a mi mente entre sus brazos y lloro. ¡Lloro! ¡Lloro por fin! ¡Lloro como siempre anhelé llorar! ¡Lloro en el pecho acogedor de una mujer de alma pura, sin mentiras ni hipocresía!

Sarita me acaricia la cabeza y me obliga a verla de frente.

Sus labios brillan. Es cierto. Ella usa un lápiz labial especial. Rosa, casi blanco, con discretos brillos de diamantina. Con profundo asombro la veo acercarse despacio a mi rostro.

Nos besamos. Con un beso suave, superficial, casi imperceptible en la piel, pero profundo, fuerte, penetrante y explosivo en el alma...

Tomados de la mano caminamos. Es la primera vez en muchos días de encuentro que dejamos el banco de madera romántico y vetusto.

La acompaño hasta la esquina.

Antes de despedirse de mí, me abraza. Luego se separa y me dice con señas que lo nuestro terminó. Que no volverá a verme... No sé leer el lenguaje signado. Pero esta vez no hace falta saber. Es su gesto. Es su mirada. Es algo que me hace intuir. Niego con la cabeza. Estoy alucinando. Mañana la veré... como cada tarde, a la misma hora, en el mismo lugar.

Esa noche, recostado en mi lecho, contemplo sin mirar la luz mortecina de una luna menguante. Pese a todo, priva una duda en mi cerebro que ha sobrevivido aun a las circunstancias más evidentes: ¿esa emoción que viaja a través de mi piel y apresura mi corazón trazando una mueca de felicidad en mi rostro es la vibración de un hombre libre de cadenas por haber podido desahogarse al fin?, ¿o simplemente es la fuerza de un hombre profundamente enamorado?

De cualquier forma, ahora sí quiero ir a la universidad. Se ha despertado en mí un chispazo que ilumina mi futuro. La fuerza y el emprendimiento del hombre que es llamado a ponerse a la altura de su musa.

Me mueve el amor. El amor a mí. El amor a ella. Porque el amor mueve. No como a los jóvenes imberbes que descuidan los estudios para llenar de manera grotesca una libido insustancial, ni como a los de corazón roto que redescubren su autoestima en un momento de

crisis transformacional. El amor me mueve como al hombre conven-
cido de que cuando ve el punto de luz en la caverna oscura simplemente tiene que salir. Y salgo. Y voy a la escuela. Y escucho a mis
maestros. Y sus palabras, otrora peroratas inentendibles, comienzan
a tener sentido. Y por la tarde corro al parque y me siento en la banca
romántica y vetusta moviendo la cabeza en espera de encontrarla.

Ella no llega.

Teorizo algún percance en su agenda y trato de evitar tensiones.

Mi alma se divide en esa concepción indomable de que las viven-
cias más gozosas del ser humano necesariamente han de ser acompa-
ñadas por alguna calamidad, tanto como en aquella señal de paz que
la razón predica: "No hay nada de evidencia lógica que justifique mi
zozobra. Se habrá visto atareada por alguna dificultad cotidiana y
habrá descartado la actividad menos prioritaria".

Pero su ausencia permanece y se perpetúa de manera indescifrable.

Las tardes de ir a su encuentro que eran mi inspiración para reír,
el combustible que nutría mi ánimo y el candil que clarificaba mis
tinieblas, comienzan a parecer de nuevo tardes de tormenta.

Cada día sin verla, una frialdad horrorosa de ausencia va pose-
yendo al parque de nuestras citas. El mal presagio crece con fiereza,
hasta que me veo forzado a aceptarlo.

Ella se despidió. No quería creerlo.

¿Y por qué? ¿Qué hice mal? La necesito, la necesito como jamás
necesité a alguien, y aunque la necesidad de otra persona para vivir
es un pecado en el mundo de la decepción, no me arrepiento de mi
culpa. Por mi culpa, por mi culpa, por mi gran culpa.

Corro para huir del abismo que se va abriendo debajo de mis pies.

Ella es mi anhelo y me ofrezco a su causa, la causa del amor, la única causa de valor en el mundo.

Como una señal celestial, viene a mi mente la dirección de su casa. Ella me la dio una vez, esperanzada en que yo podría visitarla algún día. De existir aquel día, no es otro más que hoy. Busco el papel. Y corro a su casa.

El recorrido me es tan extenso como los años de vida antes de conocerla.

Llego a la entrada de su casa y anuncio mi presencia con el timbre. Me sudan las manos y el suelo me parece inestable. Al cabo de unos segundos —los más perpetuos segundos de mi historia— un hombre robusto, pálido, con lentes y un semblante de extrañeza, me recibe.

—Busco a Sarita. ¿Puede decirle a Sarita que salga?

—Lamento informarle que no hay ninguna Sarita en esta casa —responde el hombre—. Recién me mudé aquí. Quizás la jovencita a la que se refiere sea parte de la familia que *antes* era propietaria —el énfasis que hace en la palabra *antes* es para mí una puñalada al abdomen.

En mi pecho se estampa un vacío inconfundible: el quebranto de quien tuvo en bandeja de plata su oportunidad para amar, y la dejó caer a la tumba.

—No puede ser —susurro.

El hombre me pide que aguarde un momento. Después regresa trayendo un papel asesino de almas doblado dentro de un sobre con dos palabras, "Para ti", dibujadas junto a un corazón enteramente bello por los dedos esbeltos de una mujer sensible.

—¿"Para ti"?

—Es una carta —la recibo tan pronto como sus dedos me dan la posibilidad—. Tal vez es "para ti"… La familia que solía vivir aquí me encargó que se la entregara a un joven que vendría angustiado buscando a Sarita.

Agradezco; me despido y me doy prisa en retirarme para abrir el sobre, poseído por esos alaridos internos que nos despojan de nuestra serenidad cuando nos aqueja un contratiempo impostergable.

Me detengo a respirar tratando de mitigar mi arritmia enloquecedora. Concibo pensamientos espantosos que desecho al instante. Abro la carta.

Amigo:

Nada deseaba tanto como una despedida digna entre nosotros, como el cierre que mi amor por ti —ahora martirio para mí— merecía.

Pensaba que hombres como tú ya no se veían en este mundo, pero me equivoqué.

Me cautivó tu sinceridad, los pensamientos nobles que te distinguen, la bondad de tu trato exento de ambiciones lúbricas e hipocresías de conveniencia… Muchos detalles me hicieron ver que eres diferente a todos los hombres que alguna vez conocí.

Tengo que despedirme de ti. Mi padre se muda a otro país. Y nos vamos con él. Lo supe hace meses pero no me atreví a decírtelo.

¡Dios! Es frustrante que los corazones más valiosos sean a su vez los menos correspondidos. Sé que adoleces de una profunda soledad, y nada me haría más feliz que haber sanado, aunque en una mínima parte, ese dolor que tanto te ha herido.

Nunca me atreví a confesártelo, pero otrora fui blanco de desdén silencioso por parte de compañeros, amigos y otros cercanos, a razón de la mudez con la que nací. Duré muchos años atrapada en la creencia de que jamás saborearía todo aquello que saborean las personas "normales", y que entre tanto se hallaba la oportunidad de amar de verdad, la posibilidad de que alguien riese conmigo y no de mí, que celebrara mis logros como suyos y me arropara en sus brazos cuando la vida me diese la espalda. Fue aquello cuanto más imploré a Dios bañada en lágrimas, lo mismo que Él me regaló con tu aparición. Por fin conocí a alguien que me comprendiera, alguien a quien yo también pude comprender.

Por eso, amigo, si hay una frase que, por encima de cualquier otra, quiera dedicarte, es esta: "Comete errores en la vida, comételos y hazlos fructificar para no dejar de crecer, pero jamás desplaces las virtudes que tanto me hicieron apreciarte".

No te puse al tanto de mi mudanza por temor a que de nuevo cayeras en el agujero de aflicción con el que llegaste a mí, y del que vi cómo escapabas cada tarde que nos encontrábamos. Desde entonces no pretendí otra cosa más que tu alegría; simplemente no merecías la tristeza de saber que me marcharía lejos.

Es verdad: te amo, y tal amor nunca ha dejado de asombrarme por sus dimensiones, tan distintas a lo que yo creía que era el amor antes de que nuestros caminos se cruzaran.

Nunca voy a olvidarte.

No te acongojes, te lo imploro. Si me enterase de que tu vida se ha amargado por culpa mía, de ningún modo me lo perdonaría.

No permitiré que tu recuerdo se diluya. Sembraste en mí lo que germinará en un árbol poderoso, poblado de flores maravillosas y frutos del Paraíso. Nada me ha dolido tanto como distanciarme de ti.

Espero que en la vida solo encuentres felicidad y bendiciones.

Adiós, y que podamos encontrarnos algún día.

Con todo mi corazón te digo: Atrévete a ser feliz...

Yo voy a hacer lo mismo.

Siempre inspirada por ti,

Sarita

Doblo la hoja. La meto al sobre. Comienzo a caminar.

Me limpio las lágrimas.

Otra vez regresa a mí la impotencia que me corroe al acumular tan vastas reflexiones y aún más sinceras emociones, y descubrir, a cada día que transcurrirá, que de ninguna manera desahogaré mi silencio, puesto que no habrá un destinatario, más allá del aire gélido de la alcoba que recibirá mis palabras: el tormento de no poseer a alguien para descargar mi agonía.

Estoy solo de nuevo. Pero ya no me hundiré en mi caverna de antaño...

Ahora he aprendido lo que es ver la luz. Y propugnaré por un futuro diferente. Por una forma distinta de ver las cosas. Estudiaré lenguaje signado. Seré traductor de sordomudos. Haré una especialidad en comunicación para personas impedidas del oído y del habla. Trabajaré muy fuerte para resaltar y aportar al mundo investigaciones y comunicados... Así estoy seguro que algún día la encontraré...

Eso que hace aflorar tanto mis lágrimas, para sentencia de ellas, es también mi despedida de Sarita, pues el tiempo que nuestro itinerario dispone para mi proximidad con ella se ha consumido en su totalidad. Pero habrá otro…

Carlos Vesga. Nací el 24 de Abril de 2001 en Bogotá, ciudad en la que he vivido siempre. Recién culminé mi bachillerato. Me encuentro presentando pruebas de admisión, a esperas de ser recibido en una universidad para iniciar mis estudios superiores. Pero mientras doy aquel gran paso, he optado por abrigarme con la escritura, que es mi desahogo más profundo, el brote de mis razones y emociones; sin duda, una de las pasiones más maravillosas que me he podido encontrar en la vida, que probé un día de ocio y que hoy me tiene aquí.

Las mecánicas del odio

Michel M. Merino

Lo veo en su cama, exhausto, aferrado al último hilo de vida. El cáncer de estómago lo devora a pasos agigantados. Ahora duerme, pero a veces despierta y grita a todo pulmón, maldice, insulta al que se le ponga enfrente, sea quien sea: doctores, enfermeras, mi madre, o nosotros, sus hijos. Para él, en sus momentos de lucidez, todos somos unos malditos. Cada vez que lo hace mi madre llora y mi hermano intenta decirle que no es a propósito. Yo me limito a observar.

Este hombre que está desahuciado, que ha sido enviado a su casa porque ya no hay nada que hacer, que depende al cien por ciento de las máquinas a las que está conectado, y de la dosis de morfina cada dos horas, es mi padre.

Lo miro allí, tan frágil y no puedo creer que se trate del mismo hombre al que tantas veces temí. Pienso en el miedo y se me revuelve el estómago, cierro mis puños, otra vez la rabia, esa impotencia de querer gritar tantas cosas y no hacerlo "por respeto".

—"El respeto se gana"—pienso en voz alta y sonrío ante tanta ironía.

Tenía cinco años cuando descubrí la clase de persona que era mi padre. Era de noche. Mi hermano aún no nacía. Yo dormía en mi habitación, rodeada de muñecas que adquirían facciones siniestras en la oscuridad, cuando oí azotarse la puerta de la entrada.

—¡María! —gritó mi padre en la planta baja—. ¡María!

Silencio.

—¡María! —bufó—. ¡¿Dónde estás?!

La puerta de la habitación de mis padres se abrió, y escuché a mi madre arrastrar sus pantuflas hacia la planta baja.

—¿Ya viste qué hora es, Daniel? —susurró mi madre.

Mi padre no respondió.

—¿Dónde andabas, eh? —le inquirió.

—Sírveme. Tengo hambre.

Mi madre le ordenó a mi padre que bajara la voz, recordándole que yo estaba dormida. No pude contener mi curiosidad. Salí de mi cama, abrí la puerta con extremo sigilo y me oculté detrás del muro junto a las escaleras para presenciar mejor la escena.

—¡Cállate! —bramó mi padre—. De seguro esa niña ni siquiera es mía.

Mi madre quiso protestar, humillada, pero la silenció con una brutal bofetada.

Mi padre pasó esa noche en el sofá; mi madre, en el suelo.

Aprieto los puños con más fuerza. Fijo la mirada en ese hombre que yace en la cama, en las arrugas de su rostro, en sus brazos frágiles, en esa mano sucia que había golpeado a mi madre tantas veces.

—Hija, ven a comer algo —mi madre interrumpe mi silencio. Pasa su mano sobre la mejilla de mi padre—. Pobre. Se nota en su cara el dolor que está sufriendo.

—¡¿"Pobre", mamá?! ¿De verdad? —no puedo creer que le tenga cariño—. Creo que todo se paga, ¿no?

—No hables así. Es tu padre —endurece el rostro—. Vamos, a comer. Yo me quedo.

"Mi padre", repito en mi cabeza. Voy al comedor, mi plato ya está servido. Mi madre es increíble, no conozco otra mujer así. Ningún detalle se le pierde, su capacidad para cuidarnos, protegernos y malcriarnos no cambia, aunque ya no seamos niños. Tomo asiento, y me dispongo a comer. Las fotos que cuelgan en la pared me distraen, paso la vista por todas, me detengo en una en la que estoy con uniforme escolar, tengo siete años; sí, fue el mismo año en que aprendí a tomar distancia.

Tenía siete años. En la escuela nos dieron los resultados de Matemáticas, reprobé. Llegué a casa, mamá no estaba. Dejé mi examen sobre la mesa y salí a buscarla. No estaba en la tienda, así que fui con la vecina. Al ver la puerta entreabierta me asomé y no la encontré a ella, sino a mi padre besándose con la señora. Él me vio, yo corrí a casa y no dije nada. Cuando llegó, tomó el examen, lo miró, hizo un gesto y luego, no sé si por la nota o por haberlo visto, me molió a palos. Estuve cerca de un mes en cama. No me llevaron al hospital; ni siquiera llamaron a un doctor para que me viera, pues mi madre temía no ser muy convincente al tratar de explicar cómo su pequeñita "se cayó de las escaleras", pero se aseguró de curar todas mis heridas con sumo cuidado.

—Mamá —gemí—, ¿por qué mi papá no me quiere?

Mi madre tragó saliva.

—Sí te quiere —dijo con voz trémula—. Y te quiere mucho. Por eso hace lo que hace.

A partir de entonces empecé a guardar distancia de mi padre, igual que un ratón huye del gato cuando le siente cerca. Comencé a hablarle de "usted" y a obedecerle sin chistar para no volver a darle un motivo de levantarme la mano. Pronto, nuestra interacción se limitó a un "buenos días" por la mañana y un "buenas noches" al acostarnos.

—¡Agua! —el grito de mi padre me vuelve a la realidad—. ¿Qué no escuchan? ¡Agua!

Mi madre entra a la cocina, sirve un vaso y me lo pasa.

—Nadia, por favor, llévaselo.

Tomo el vaso y voy al cuarto de mi padre. No quiero hacerlo, no quiero servirle, pero prefiero evitar discusiones con mamá. Ya está muy agotada con todo esto.

Abro la puerta, ahí está.

—¡Ya era hora! —agarra el vaso y bebe despacio. Entre sorbo y sorbo se atora, tose, le duele—. Toma. Y a ver si estás más atenta, que me van a dejar morir aquí.

Siento su desprecio. No me quiere. Lo sé desde siempre.

Cuando nació Ángel, conocí otra cara de él, la del papá amoroso, pero no conmigo.

Mi padre pasaba horas en la habitación de mi hermano. Podía escucharlo a través del muro, riendo, cantando y contándole a Ángel todos esos planes que harían apenas tuviera edad suficiente para correr tras una pelota. Yo sollozaba pegada a la pared para hacerme escuchar a través de ella, pero sin importar cuán fuerte lo hiciera, mi padre nunca fue a verme. Un día mi madre me pidió que lo llamara a comer. Le dije que no quería hacerlo, pero ella insistió, haciendo uso de su cada vez más endeble autoridad de madre.

Yo odiaba entrar a la habitación de mi hermano. Odiaba entrar en ese palacio azul celeste lleno de cosas bonitas.

—Dice mi mamá que baje a comer.

No me miró. Estaba demasiado ocupado haciéndole cosquillas a Ángel como para hacerme caso.

—Dice mi mamá que baje a comer —repetí, con un nudo en la garganta y los ojos reteniendo mis lágrimas.

La escena me destrozó. Corrí de vuelta a mi habitación y me tiré a llorar en mi cama, rodeada de manchas de humedad y muñecas rotas.

Ese día no comí. Tenía ocho años y ya no quería vivir.

—¡Nadia! ¿Qué, estás sorda? ¡Te estoy hablando! Toma el vaso, tráeme más, pero no tan fría —me pasa el vaso, ignora la lágrima que corre por mi mejilla—. Si ves a Ángel, dile que venga.

Reacciono. Seco mi mejilla y salgo de allí. Siento que me ahogo. El aire aquí se ha vuelto muy denso. Cada vez me cuesta más trabajo respirar. Tomo mis llaves y mi teléfono, y decido salir.

—Luego vengo —aviso a mi madre, que intenta decirme algo mientras me dirijo a la puerta.

—… una jeringa y un… —alcanzo a escuchar, y salgo de casa.

Me pongo los audífonos y dejo que la lista de reproducción elija la banda sonora de este día por mí; *rock*, *jazz*, *blues*, lo que sea es bueno. No tengo ánimos de elegir por mí misma. Como sea, ni siquiera le prestaré atención. Simplemente no quiero escuchar el mundo alrededor. Me siento sola, estoy sola.

Llego hasta la veterinaria. Aunque está cerrada, siempre me detengo en su ventanal a ver las mascotas. Pienso en Tony, otra vez. Aprieto mis puños.

Mi mamá me había comprado un ratón para tratar de levantarme el ánimo, que venía decayendo desde hacía varios meses. Lo llamé Tony; Tony el ratón. Ese mismo día compramos todo lo necesario para que pudiera estar lo más a gusto posible: una jaula bastante grande, un bebedero, comida especial para ratón y una rueda para que se ejercitara todo el tiempo que quisiera.

Yo no soportaba estar en mi casa, pero la compañía de Tony hacía todo mucho más llevadero. Solía sacarlo de su jaula para ponerlo sobre mi cama y verlo correr de un lado a otro. Éramos los mejores amigos.

Mi padre entró en mi habitación una noche.

—¡Calla esa rata de una vez! —gritó, con el rostro rojo a más no poder—. ¡El ruido ese me está volviendo loco! —salió, dejando tras de sí una estela de olor a whisky y cerveza rancios.

Se refería a la rueda. Todas las noches, Tony se ejercitaba en ella, y en cada vuelta un rechinido inevitable hacía eco en toda la casa.

Quité la rueda de la jaula y vi a Tony volverse loco de ansiedad desde entonces.

Días después, el ratoncito empezó a rascarse. Lo veía correr en círculos dentro de su jaula, y detenerse con frecuencia para rascarse con avidez. Pronto el pelo comenzó a caérsele, y más tarde aparecieron las heridas. No quise tocarlo por temor a hacerle más daño. De haberlo hecho, quizá me hubiese percatado del aroma frutal del jabón que mi padre había untado en su cuerpecito para obligarlo a rascarse hasta despellejarse vivo. Tony murió. Y una parte de mí también lo hizo con él.

Camino sobre la acera con la cabeza baja tratando de ocultar mis ojos llorosos. En este momento, nada me gustaría más que contar con un par de oídos dispuestos a escucharme, un hombro sobre el cual llorar y, muy probablemente, una mano que me diera una buena bofetada para poder reaccionar y despertar de este nefasto letargo en el que he estado por tantos años. Pero tengo miedo de buscar ayuda. Por eso siempre estoy sola. Mientras espero a que el semáforo cambie a verde para poder cruzar, miro la valla publicitaria al otro lado de la calle. Exhibe el rostro de una mujer con un ojo morado, acompañado de la leyenda "ALZA LA VOZ". No puedo evitar sonreír con cierta amargura.

El semáforo cambia y cruzo la calle. Mis ojos no se despegan de la valla. Por todos lados hay campañas de "DILO", "NO CALLES"… pero la realidad es que todo sigue pasando dentro de las cuatro paredes de muchos hogares. Mujeres torturadas física o mentalmente, que no hablan, algunas por miedo; otras, porque están educadas para servir y asentir; mujeres que sufren y lloran todos los días ante la ignominia de la que son víctimas a diario; mujeres que literalmente prefieren morir antes que hablar. Mujeres como mi madre, por ejemplo.

Ángel y yo llegábamos a casa de la escuela, pero nos detuvimos justo en la puerta al escuchar la discusión que nuestros padres sostenían a gritos. Era imposible entender por qué peleaban esta vez, pero debía de ser algo muy grande para que mi madre se atreviera a alzar la voz.

—No —me detuvo mi hermano, asustado, antes de que metiera la llave en la cerradura.

Le dediqué una sonrisa para tratar de tranquilizarlo, aunque por dentro estaba aterrada. Mi madre no paraba de gritar. ¿Cuánto tiempo podría pasar antes de que mi padre se decidiera a silenciarla como lo hacía siempre?

Introduje la llave y abrí la puerta.

Sentada en medio de la sala sobre el viejo sofá verde y raído, había una pequeña niña de ojos grandes y verdes; su cabello atado en una coleta con un listón rojo y el modo en el que balanceaba los pies de un lado a otro indicaban que no tenía más de diez años.

La niña nos miró temerosa, mientras mi madre no paraba de gritarle a mi padre lo canalla y lo cínico que era. Estuve a punto de echar a correr a la cocina para detener a mi padre antes de que soltara su ataque, pero la intriga me plantó en mi sitio.

—¡Hola! —dijo Ángel, emocionado.

La niña le devolvió un tímido saludo.

—¿Quién eres? —preguntó mi hermano, impelido por su curiosidad infantil.

—Linda —respondió la niña, a la vez que mi padre amenazaba a mi madre con cerrarle la boca a golpes.

Dejé a los niños. Corrí a la cocina y me detuve bajo el umbral.

Los gritos de mi madre estaban llenos de ira, pero en su rostro podía atisbarse una profunda aflicción. Las lágrimas fluían de sus ojos inyectados de sangre, igual que ríos de hielo manando del cráter de un furioso volcán. Su voz comenzaba a claudicar, seguramente por horas y horas de gritos y reclamos.

—¡¿Cómo pudiste traerla aquí?! ¡Eres un enfermo!

Mi padre bufó y volvió su rostro con indiferencia, encontrándo-se accidentalmente conmigo.

—¿Y esta escuincla qué? —le espetó a mi madre—. ¿A poco sí pensaste que me iba a creer que era mía? ¡Ni madres! ¡Pero la acepté y la eduqué como si lo fuera! ¡Y no me ves haciendo dramas!

La flecha me dio justo en el corazón. Mi mochila cayó sobre el piso de linóleo sucio y ajado. De repente sentí las lágrimas correr por mis mejillas. Un flujo de electricidad me recorrió la espalda haciéndome estremecer. Quería lanzarme contra aquel hombre, ha-cerle mucho daño, pero mi cuerpo no respondía.

—¡Es tuya! —respondió mi madre, desesperada.

—¡A otro con ese cuento! De seguro es de tu pinche noviecito ese con quien andabas cuando te conocí; el pinche Ramón. Pero pues, ¡a huevo! Me quisiste amarrar porque yo sí soy un hombre bien chambeador; no como ese tipejo.

—Eres un… —farfulló ella, atragantándose con sus lágrimas.

—Seré lo que tú quieras, pero no soy un pendejo.

Desde ese día la niña se quedó con nosotros.

Comienza a llover, así que corro de regreso. Llego a casa em-papada. Trato de guardar silencio para evitar que mi madre salga a recibirme y descubra mis ojos hinchados por haber estado llorando de nuevo, pero me escucha.

—¿Dónde estabas? Me tenías preocupada.

—Te avisé que salía.

—¿Y lo que te encargué de la farmacia? —mira mis manos va-cías—. Nadia, no puedes seguir así.

—No te escuché... ¿Así como?...

—Así. Enojada con el mundo, con tu padre, con la vida, con todo... —me toma del brazo—. Tu padre va a morir pronto. Te queda poco tiempo.

—¡Yo no estoy enojada con el mundo y ya sé que se va a morir! —sacudo mi brazo con fuerza—. ¿Poco tiempo para qué?...

Ella suspira, mira el suelo y luego a mí.

—Para cortar la cadena —toma mi rostro entre sus manos—. Tienes que cortar esta cadena, o vas a repetirla.

No entiendo lo que dice, pero me molesta.

—Ven, vamos a sentarnos. Quiero hablar contigo.

Solo quiero ir a mi cuarto, pero mamá insiste. Y con ella, no hay quien pueda. Nos acomodamos en el sofá de la sala y me dispongo a escuchar.

—Hija, yo sé que tu papá te ha lastimado, y mucho; pero no puedes cargar con ello por siempre.

—¿De qué hablas, mamá? ¿Qué quieres que haga, que borre todo como si nada hubiera pasado? —aprieto mis puños—. Él es una mala persona, me odia...

—No te odia, hija; solo no sabe amarte.

—Mamá, sí sabe amar... ¡Mira cómo trata a Ángel, a Linda...! A mí nunca me quiso —bajo la mirada al suelo—. Yo no soy como tú. A ti te ha escupido, maltratado, te ha engañado y humillado una y otra vez por años y seguiste con él, solo porque cuando enfermó cambió. No entiendo por qué te dejaste tanto tiempo... Y encima, ahora lo defiendes...

—Mi relación con tu padre y cómo arreglamos nuestras cuentas son cosa nuestra, hija. El pasado es eso: PASADO. Yo elegí no vivir con piedras colgando en mi espalda. Me ha lastimado mucho, es verdad, pero no lo conoces como yo —hace una pausa, vuelve a mirarme—. Y no lo defiendo. Te cuido a ti. Me preocupas tú. Cargas tanto odio, tanto rencor que te va a ser imposible amar a alguien. Esa rabia te está destruyendo.

—¡Mamá, es su culpa! ¡Soy así por su culpa!

Las lágrimas brotan como cascadas. Ella me abraza.

—Hija mía, tienes que cortar la cadena —hace una pausa, toma mis manos—. Él también está lastimado. Tú no conociste a su padre, tu abuelo. Era el ser más despreciable que puedas imaginar. Lastimó a tu padre al punto de llevarlo al borde del suicidio. Así lo conocí, como un ser roto. Éramos jóvenes, creí que podría "salvarlo" —su mirada se nubla—. Y es cierto que casi me pierdo yo en esa "misión". Cuando tu abuelo murió, en lugar de liberarlo, lo perdió más, se aferró al alcohol, y cada vez era un reflejo más fiel de aquel monstruo al que tanto temió.

—¿Lo estás justificando? —no puedo creerlo. Me indigno—. Nada justifica las cosas que me hizo. Ni siquiera que él haya vivido igual o peor que yo en su infancia.

—Exacto. A eso quiero llegar, Nadia, a eso me refiero cuando te digo: "Corta la cadena" —toma mi rostro y nos miramos de frente—. Él no perdonó, alojó el virus del odio en su interior, hasta que lo consumió y se convirtió en eso. Y tú, hija mía…

—… Voy por el mismo camino.

—Vas por el mismo camino. ¡Corta la cadena! Perdónalo.

Ángel ingresa a la sala. Nos interrumpe para avisar que urgen las jeringas y medicinas que señaló el doctor. Mamá se pone de pie, besa mi frente y se marcha con mi hermano en el carro a buscarlas.

Mi cabeza es un torbellino de ideas. Todas las emociones se agolpan en mí y luchan entre sí, intento encontrar un recuerdo, uno solo que me muestre un gesto de bondad de mi padre hacia mí para poder aferrarme a él. No lo encuentro.

—¡Auxilio!

El grito proviene del pasillo de la planta alta. Subo a toda prisa y encuentro a mi padre tirado a mitad del pasillo, arrastrándose para tratar de llegar al baño. Su orgullo no le permite usar pañal, ni orinar en el *pato* que permanece aún nuevo al lado de su cama.

Me acerco hasta él y trato de ayudarle, pero me rechaza dando manotazos. Le insisto hasta que por fin cede y lo llevo de vuelta a su cama. Me sorprende lo fácil que es cargarlo. Ha perdido demasiado peso.

Lo recuesto y él deja escapar varios gemidos de alivio. Me dispongo a quitarle los pantalones orinados, pero él se resiste nuevamente.

—Están sucios —le indico—. Debo cambiarlos.

Una vez más deja de luchar y me permite ponerle un pijama limpio.

—Apuesto a que te da mucho gusto verme así —se queja.

—No.

—No es verdad.

—No —repito, mientras termino de vestirlo—. Yo hubiera preferido que muriera —me arrepiento al instante en que esas palabras salen de mis labios.

Mi padre me observa con una mueca de horror en su rostro.

—Creo que nadie merece esta clase de sufrimiento —explico mientras le arropo—. Ni siquiera usted —lo miro fijamente, con mis ojos llenos de lágrimas.

Mi padre comienza a sollozar y oculta su rostro.

—Perdóname, Nadia.

Lo miro. Quiero insultarlo, golpearlo, gritarle mil cosas… pero también quiero abrazarlo. No lo hago. No puedo hacer nada, solo asiento con la cabeza y salgo de la habitación.

***

Hoy es el funeral de mi padre.

Gente que siempre habló mal de él está parada junto a su féretro, llorando. Hace unos momentos mi tía Martha dio un discurso tan bonito que conmovió a varios hasta las lágrimas. Mi madre se lo agradeció a más no poder, a pesar de que todos sabemos que la mitad de las cosas que dijo no eran ciertas.

El olor de las flores me produce náuseas, salgo de la sala y me siento en las escaleras de la entrada. Trato de entender por qué de repente mi padre era el hombre más bueno del mundo. Todos saben la clase de persona que era, y aun así puedo ver un dolor genuino en sus rostros.

Yo odio a mi padre. Siento que lo odio. Creo que lo odio.

Corta la cadena…

Las palabras de mi madre dan vueltas en mi cabeza.

Me cuesta mucho admitirlo, pero es cierto. Yo quería a mi padre. Lo quiero. Y nunca dejaré de quererlo. Y también lo odio. Lo odio por todo lo que me hizo sufrir a pesar de que yo lo único que quería hacer era quererlo. Siempre me dolió ver que mi cariño nunca fue correspondido. Por eso comencé a odiarlo. Porque quería verlo sufrir para que sintiera todo lo que me hacía sentir. Quería hacerle ver cuánto me había lastimado. Quería que sufriera conmigo. Quería que sufriéramos juntos.

Corta la cadena...

Si tan solo encontrara un recuerdo. Uno solo. Un instante en que pudiera sentir que le importé, cuando menos algo.

El viento sopla y me da de lleno en la cara, colándose hasta mis pulmones y provocándome un agradable ardor en el pecho. Cierro los ojos y respiro profundamente para permitir entrar un poco más de ese agradable aroma verde. Y ese instante llega.

Su rostro humedecido por las lágrimas, su mirada, por primera vez real, y sus labios pronunciando esas palabras que hoy cortan la cadena: "Perdóname, Nadia".

—Te perdono, Papá.

Michel M. Merino. CDMX, México; 1990. Soy egresado de la carrera de Psicología. He estado involucrado en proyectos de doblaje de voz y animación por *stop motion*. Actualmente, estudio varios cursos para continuar formándome como escritor.

Origen

Karen Enríquez

Bajo el sol abrasador de verano, los habituales sonidos de la ciudad parecen fundirse en uno solo; los cláxones de autos atrapados en las calles contiguas al trayecto del maratón, las voces de la muchedumbre que en diferentes coros apoyan a sus favoritos, las lejanas sirenas de las ambulancias, el llanto de los niños, el grito de los adultos. Y en medio de todo esto, Miłosz corre a paso firme y decidido, sin observar a nadie, manteniendo el ritmo de la carrera y la velocidad ya programada en los continuos entrenamientos. Hasta ahora, lo precede solo una persona, que dista aproximadamente medio kilómetro; tiene buenas posibilidades de ganar, si sigue manteniendo el mismo ritmo y concentración.

Faltan tres kilómetros para llegar a la meta. Sigo su recorrido a bordo de una bicicleta con una cámara GoPro en la gorra, para no perder ni un detalle de la carrera. Es su primer maratón, por lo tanto, un evento de gran importancia que, lamentablemente, su madre y hermano no pueden presenciar. Llega una curva, y el recorrido cambia, pasa por una calle estrecha con una gran fila de departamentos, desde los cuales los residentes se asoman a observar la carrera. En el balcón de uno de ellos, flamea una bandera de colores blanco y rojo, un grupo de jóvenes aplaude y grita en coro:

—¡*Dawaj*, Agnieszka!

Al oír ese nombre me detengo sobresaltado. Miłosz desvía su mirada del camino para ver hacía ese balcón. Otra corredora, una jovencita más o menos de su edad, bastante alta y de cabello largo y rubio, sonríe y saluda al grupo de simpatizantes. Él la observa y disminuye el paso. De repente, un segundo corredor lo sobrepasa, a éste le sigue otro más, y ya son tres que lo preceden. Faltan dos kilómetros para llegar a la meta. A lo lejos se divisan algunas pancartas junto a una gran muchedumbre que se aglomera. Él se detiene, cae de rodillas muy pálido, y con la respiración entrecortada, con una mano se presiona el pecho y con la otra se apoya en el piso.

La muchedumbre de desconocidos le grita:

—¡Levántate, vamos, tú puedes!

Se acercan algunos paramédicos a socorrerlo, le toman la presión, ofreciéndole bebidas energizantes. Miłosz no responde. Solo asiente. Tiene su mirada completamente perdida, parece aterrado.

Un grupo de señoras comenta:

—¡Pobre, a un paso de la meta!

Traspaso las barreras de seguridad y con poca amabilidad un policía me detiene.

—No puede acercarse.

—¡Soy el padre del chico!

Me acerco a los paramédicos, uno de ellos me dice:

—Puede ser deshidratación, tiene la presión muy baja, pero estará bien. Tiene que beber más. ¡Lo siento, chico, será la próxima vez!

Asiento y les agradezco, es muy probable que sea una mezcla de todo: deshidratación, la presión del evento, el sol… Aunque no es la primera vez que lo veo con estos síntomas.

Al cabo de unos minutos se pone de pie sin observar a nadie ni pronunciar palabra alguna. Caminamos por unos diez minutos hasta llegar al lugar donde está estacionado el auto. Se sube en la parte de atrás, enciende la pantalla del teléfono celular y después lo apaga, lanzándolo a un lado del asiento. Empiezo a manejar y de vez en cuando observo por el espejo retrovisor las lágrimas de impotencia que se asoman a sus ojos. Apoya el rostro en la ventana del auto y se queda con la mirada perdida.

Llegamos a casa. Miłosz baja de prisa, entra y se encierra en su cuarto. Siento el impulso de ir tras él pero me contengo. Miłosz tiene sus propios tiempos, así que cierro el carro, entro a la casa y llamo a mi esposa y a mi hijo mayor para contarles el resultado. Ellos se encuentran fuera de la ciudad. Mi mujer está cuidando a mi suegro, quien se ha puesto mal de salud y mi hijo realiza su año de intercambio estudiantil.

—Paciencia, amor, recuerda cuánto ha crecido —dice mi mujer.

Hablar con ella siempre me tranquiliza. Decido tomar un café en la sala. Prendo la tele pero no le pongo atención, las palabras de mi mujer siguen dando vueltas en mi cabeza.

Pienso en ese día. El momento en que Miłosz llegó a nuestras vidas. Apenas tenía cinco años. Era un niño delgado, de cabellos largos y castaños. La primera vez que lo vi, usaba un conjunto de franela azul y se entretenía con un dinosaurio de juguete, en el gran sofá de la casa de acogida que lo hospedaba. Era invierno y el frío de Polonia golpeaba con toda su fuerza. La chimenea de la casa estaba encendida, la luz del fuego hacía resplandecer sus cabellos castaños. Él no había advertido nuestra presencia. Mi esposa y yo, con los nervios a flor de piel, nos acercamos lentamente, nos acuclillamos frente a él y lo saludamos con un *cześć*. Él levantó su mirada, escrutándonos con sus grandes ojos verdes llenos de tristeza y desconfianza. Mi esposa no pudo contener las lágrimas, delicadamente colocó las manecitas del niño entre las suyas y él respondió al toque con una sonrisa tímida. Instintivamente, extendí mi mano, sonriendo; acaricié su abundante cabellera, lo atraje hacia mi pecho y lo abracé. Lo amé. Sí, puedo asegurar que lo amé desde el primer momento. La alegría de aquel instante fue un bálsamo contra la amargura de los tres años de espera; quedaron atrás los comentarios desalentadores de parientes y amigos; las dudas, el miedo. En ese instante se confirmó esa decisión que mi corazón secretamente había tomado quince años atrás. Fue así como acogí a mi hijo por elección.

—Fue mi culpa —dice Miłosz interrumpiendo mi pensamiento—. Tenía que haber tomado más agua o alguna bebida energética. Todo estaba calculado. ¡Cómo pude fallar por algo tan estúpido!

—¿Estás seguro de que fue sólo por la hidratación? —sé la respuesta, pero necesito que él se atreva a aceptarlo. No lo hace.

—Sí, no puede ser nada más, ¡tiene que ser eso!

—Es tu primer maratón, no será el último. Es normal cometer errores.

—Primero y último. Las competencias no son para mí. Y no quiero seguir hablando del tema.

Él ya no es el chiquillo de cinco años que jugaba con el dinosaurio a la luz de la chimenea. Ahora tiene diecisiete, un metro ochenta de estatura, una contextura esbelta que a simple vista lo hace ver mucho más alto de lo que es. Ahora usa el cabello muy corto, resaltando así sus facciones eslavas y su mirada profunda, que últimamente no refleja otra cosa más que tristeza. A veces creo que para él correr no es solo un deporte o pasatiempo, sino una máscara y un desahogo. Sé que algo le pasa, aunque se esfuerce en ocultarlo; no se necesita ser un experto en psicología para entenderlo, basta con saber escuchar su mirada y leer sus gestos.

Nuevo día. Tengo que sacar a Miłosz de su cuarto, no puede seguir encerrado. Voy a su habitación, lo despierto y le insisto —casi le ordeno— que se vista para que vayamos al supermercado.

Recorremos los anaqueles del local. No logro interesarlo en nada. Me rindo. Volvemos al carro. En el lugar contiguo al nuestro, una señora llama la atención a su hijo de unos tres o cuatro años, en un idioma que no logro diferenciar si es ruso o polaco. Miłosz observa la escena bastante exasperado.

—¿Por qué la ciudad está llena de polacos? No tienen cosas mejores que hacer que venir a importunar —siento que elevó su tono adrede para ser escuchado por la señora.

El niño abraza la pierna de su madre. La señora observa a Miłosz, bastante enojada, y le reclama. Él sube al auto y lo cierra de un portazo; me quedo paralizado de la vergüenza. Trato de disculparme con ella. No funciona. Se retira junto a su hijo profiriendo sentencias sobre la juventud de ahora y los padres que no ponen límites.

Subo a mi carro y miro a mi hijo, decepcionado.

—Por si no lo recuerdas, naciste en Polonia. No puedes expresarte de tal forma con las personas, no importa de qué nacionalidad sean. Es un comportamiento racista y sin sentido. Entiendo que ayer tuviste un mal día, pero ¡tienes que controlarte!

—Prefiero no hablar del tema —se coloca los auriculares y apoya la cabeza en el cristal de la puerta.

Llegamos a casa. Otra vez se encierra en su habitación. Preparo la cena y lo invito a comer, pero solo recibo negativas de su parte.

—No tengo apetito.

Me siento en los taburetes de la cocina, observo las finas gotas de lluvia que empiezan a caer, rayos fugaces tiñen de dorado los espesos nubarrones negros del firmamento. Trato de comer algo, pero a decir verdad a mí también se me ha ido el apetito. La conducta de aislamiento de Miłosz no es solo debido al maratón, ha sido algo constante durante el último año, puede ser debido a nuestra mudanza. No cambiamos de ciudad, sólo nos apartamos a un lugar más tranquilo en las afueras, mientras que su hermano se mudó a otra ciudad para seguir sus estudios universitarios… Es probable que la separación le haya afectado. El corazón se me hace añicos cuando trato de acercarme a Miłosz: mientras más lo intento, él más se aleja. Y aunque muchas veces mis intentos se hayan ido por la borda, no tengo la más mínima intención de darme por vencido.

Antes de adoptarlo, un sinnúmero de personas nos advirtieron sobre el camino escabroso que estábamos por transitar, decían que mientras mayores eran los niños, más problemas traían. Nos narraban historias turbias sobre familias que no se adaptaban y terminaban por devolverlos al orfanato, causándoles, sin querer, un doble abandono. Decían que en nuestro caso la adopción no era necesaria porque ya éramos padres. Aun así, mi esposa y yo estábamos seguros de lo que queríamos y decidimos seguir adelante. Si era nuestro destino, las cosas se iban a dar, los obstáculos se iban a derribar, y así fue…

Afuera un gran temporal azota las copas de los árboles, el viento irrumpe con gran fuerza en una de las ventanas de mi habitación y me despierta. El reloj marca las cuatro de la mañana. Me acerco a la ventana y noto pedazos de granizo esparcidos en el parqué —¿granizo en agosto? ¡Vaya!—. La cierro y voy al cuarto de baño en busca de algo para secar el desastre. El corazón me da un vuelco cuando veo a Miłosz sentado en el piso, con las rodillas en el pecho, el rostro húmedo por el sudor o quizás por las lágrimas, la respiración entrecortada y la mirada llena de terror:

—Papá, ¡no puedo respirar!

Me acerco inmediatamente, lo tomo por los hombros y le repito con la mayor calma posible:

—Cuenta hasta diez, ¡vamos! Uno, dos, tres…

—Cuatro… cinco… ¡Me duele el pecho! Está por darme un infarto… Siento un hormigueo en el brazo izquierdo.

—No es un infarto, ¡vamos, continúa! Seis, siete…

—Ocho, nueve, diez…

—Inhala, exhala; de nuevo, uno, dos…

—Tres, cuatro, cinco…

Y así contamos hasta treinta, lo ayudo a levantarse y lo llevo a la cocina por un poco de agua. No es un infarto, se trata de un ataque de pánico; puedo reconocer uno a kilómetros, y en su caso no es la primera vez, siempre le ocurre después de una pesadilla… ¿Qué cosa tan terrible es la que sueña? No lo sé, hasta ahora solo tenemos una pista de ellas.

Cuando Miłosz empezó a vivir con nosotros, tuvo pesadillas cada noche, durante el primer mes. Se despertaba llorando, y gritando el nombre de Agnieszka, quien, según sabíamos, era su madre biológica. Su llanto se prolongaba por horas. Mi esposa lo acurrucaba en su pecho, le cantaba una canción de cuna en polaco, que había aprendido antes de que él llegara y lograba dormirlo nuevamente. Con el tiempo, las pesadillas desaparecieron, ahora creo que simplemente se acurrucaron en un rincón de su alma, esperando el momento de atacar. Y parece que ese momento es ahora.

—Casi amanece. Te prepararé algo de comer, debes estar hambriento —digo mientras abro el refrigerador.

—Está bien. Mientras voy a cambiarme, estoy demasiado sudado.

Vierto el agua en la tetera y la pongo a hervir, busco en la alacena la colección de té de mi esposa, y acomodo dos tazas en la barra de la cocina. Le preparo su sándwich favorito: jamón, queso, rebanadas de jitomate, hojas de lechuga y aceite de oliva. Al cabo de unos minutos, Miłosz regresa, se acomoda en un taburete y empieza a devorar el sándwich. Vierto el agua caliente en las tazas y coloco las bolsitas de té de bayas. Me acerco al otro lado de la encimera y me siento a pocos metros de él. En silencio, observo la tisana disolverse en el agua caliente.

—¿Al té le agrego azúcar?

—No, gracias, prefiero el sabor de las bayas silvestres.

Coloca el plato a un lado, sostiene la taza y se gira hacia los ventanales del lado derecho de la cocina. Observa la lluvia que cae copiosamente, mientras da un sorbo al té.

—¿Has vuelto a tener pesadillas? —siento temor al preguntar, pero es necesario.

—Sí… —fija su mirada en el suelo—. Como cuando era niño, solo que ahora no parecen pesadillas, creo que son recuerdos…

—¿Y qué tipo de recuerdos son…? —no quiero intuir nada, prefiero que él me lo cuente.

—Papá…, tú sabes muy bien sobre mis lagunas mentales, he tratado de recomponer pedazos de mi infancia durante muchos años, pero no lo he logrado. Sin embargo, últimamente he recordado cosas… —carraspea—. Al principio, pensé que eran producto de mi imaginación, pero no, creo que no lo son —me mira—. Y ¿sabes? No es nada fácil…

—¿Desde cuándo tienes estos "sueños"?

—Durante el último año. Cada noche son más fuertes. A veces intento ignorarlos, pero no puedo, me siento abrumado por la situación —siento miedo en su voz—. No quiero que mi intento de huir del pasado termine en alguna enfermedad mental y tenga que recurrir a los psicofármacos… —se estruja las manos. Siempre lo hace cuando está nervioso—. He estado investigando en internet y así terminan muchas personas que viven este tipo de cosas.

Su repentina confesión me entristece, quisiera literalmente arrancar de su pecho todo el dolor que lo abruma y llevarlo a cuestas, pero no puedo, y eso me hace sentir impotente. Sin embargo, sé que todo esto un día le será útil, sé que por muy grande que sea el dolor, no será para siempre…

—Hijo, ¡no te preocupes! Es el dolor que está saliendo a flote. Es normal, no hay nada de malo en ser vulnerable. La vida es difícil, no se trata de pensar que todo es color de rosa, todos sufren en una forma u otra. No puedes dejar que el miedo a enfrentar el dolor te venza. Ignorarlo o aislarte tampoco es la solución —coloco mi mano sobre su hombro y lo miro fijamente a los ojos—. ¡Tenemos que enfrentarlo!

—Lo sé, papá; lo sé… —suspira.

—¿Crees que el cambio de casa influyó en esto que estás viviendo?

—No creo que sea la casa en sí. Son tantas cosas… Y muchas no las entiendo. Por ejemplo, ese bosque de hayas contiguo a casa me provoca una gran tristeza —da un nuevo sorbo al té—. Ayer en el maratón cuando escuché el nombre de la concursante, no pude seguir más, me detuve. ¡No estaba cansado! ¡No era deshidratación! Tenía la energía para seguir adelante pero no pude… Todo por culpa de ese nombre. Por unos segundos no entendí nada, después una marea de recuerdos empezó a abrumarme, y recordé que… ¡Agnieszka es el nombre de mi madre biológica! —su voz se llena de rabia al decirlo—. Pero eso no es todo… hay un recuerdo que me desarma… No sé, ni siquiera me atrevo a decirlo en voz alta… Me da vergüenza y… ¡y me enoja al mismo tiempo! —comienza a agitarse—. No quiero que se repita. ¡No es justo y no creo merecerlo!

—¿A qué recuerdo te refieres? —tengo la certeza que la caja de Pandora está por abrirse.

—Fue una tarde… —cruza sus brazos y vuelve la mirada hacia el exterior. Luce enojado—. Agnieszka preparó un bolso con ropa mía, después me llevó a casa de una amiga suya, cuyo nombre no recuerdo; era una mujer joven, alta y robusta con una larga trenza rubia y rostro severo. Tenía cuatro hijos: una niña de apenas pocos meses, y tres chicos, dos mayores que yo y uno de mi edad, Andrzej. De él sí recuerdo su nombre, porque pasábamos la mayor parte del tiempo juntos. La casa era grande, con un jardín inmenso, muy cerca había un bosque de hayas, que luego supe que se trataba del parque ecológico de Tri-city. Recuerdo que cocinaban con leña y había montañas de troncos por todos lados. La amiga de Agnieszka me hizo sentar a la mesa de la cocina junto con Andrzej y me dio una taza de leche fría con un *drożdżówki*. Después hablaron entre ellas en voz baja…

Vi cómo Agnieszka le dio dinero… Luego no recuerdo bien qué hicimos, solo que me dieron un folleto con dibujos de animales y me puse a colorearlos. Sí sé que las escuché discutir, y ella le dijo que sería poco tiempo, a más tardar dos meses… —trata de contenerse, pero no puede. Las lágrimas comienzan a caer—. Después de eso, salió por la puerta de atrás, ¡ni siquiera tuvo el coraje de despedirse, mirarme, ni de decirme nada! Se fue en silencio como una ladrona. Desconcertado me asomé a la ventana y vi que se alejaba, la seguí con la mirada hasta que su silueta se perdió entre los árboles de hayas… ¡No es justo! —se derrumba en llanto.

Me acerco y lo abrazo. Su cuerpo tiembla. Repite una y otra vez: "¡No es justo!". Dos fuerzas poderosas se unen, la herida del abandono y la sed de justicia, y lo derrumban en mis brazos. Tarde o temprano sucedería, pues es necesario demoler para reconstruir. Lo sé, aun así, no soporto el dolor de verlo quebrado.

La historia la conozco hace tiempo, nos la entregaron en un fascículo desplegable cuando firmamos los documentos de la adopción, como si fuese solo una historia entre las demás. Para mí no era un número más, era la historia parcial de mi hijo, aquel que yo había escogido. La madre biológica de Miłosz nunca volvió; al cabo de un año, la amiga no supo qué hacer, ya tenía otros niños que cuidar y al no tener ningún familiar cercano, fue a dejarlo al orfanato; un segundo abandono. Inmediatamente lo colocaron en una casa de acogida, donde estuvo por un par de meses, hasta que llegamos a buscarlo, lo trajimos a nuestro hogar y le dimos una familia como cualquier niño en el mundo merece.

El reloj marca el mediodía. Es domingo, los rayos del sol atraviesan los ventanales, creando una atmósfera etérea en la habitación. Me siento emocionalmente agotado, pero después de la conversación de anoche, comienzo a ver la luz al final del túnel.

Miłosz, se acerca a la puerta de la habitación.

—Papá, sé que es domingo, que está casi todo cerrado, pero te ruego que salgamos de aquí y busquemos un lugar dónde comer un típico desayuno inglés. No sé… Se me antoja algo con huevos revueltos y tocino.

—Creo conocer el lugar ideal, pero ¿sabes?, estaba pensando que un poco de senderismo no estaría nada mal, hay un lugar no muy lejos, donde hace algún tiempo tenía pensando ir.

—Lo que quieras, pero antes necesito comer.

Nos preparamos y salimos a la búsqueda del desayuno inglés. No fue necesario recorrer mucho camino: encontramos una pequeña cafetería en la vía hacia el bosque donde hacemos senderismo. El lugar se sitúa en una colina que se asoma a un extenso valle. Como es de esperarse, no hay desayuno inglés, pero sí encontramos algo muy parecido. Nos situamos en las mesitas de afuera, para así gozar de una mejor vista. Mi mirada se pierde en la gran extensión de belleza del paisaje. Empiezo a extrañar a mi esposa, a ella le encantan lugares como este. Miłosz devora su desayuno, o más bien almuerzo, con un gran apetito. El hecho de que logre comer algo me anima.

—El metabolismo de estos años no volverá… ¡Así que aprovecha ahora! —digo sonriendo.

—Lo sé… Además, todo lo quemo corriendo —enseña sus bíceps como si se tratara de un fisicoculturista.

—¿Sabes?, este lugar me recuerda vagamente a una cafetería situada en una colina desde la cual se puede observar la zona de Lindisfarne, que está a un par de horas de Edimburgo. Es bastante curioso cómo en ese lugar dos veces al día la marea cubre la carretera de acceso, dejándola incomunicada. Si quieres llegar a ella, tienes que sentarte a esperar… Creo que la mejor parte de ese viaje fue sentarme a esperar que la marea bajara, es un espectáculo poco común. Deberíamos hacer ese viaje, a tu madre le encantaría.

—Sí, tienes razón. Ella ama Escocia y creo que un viaje no estaría mal… —interrumpe su discurso. Noto un cambio en su voz—. Si yo quisiera ir a Gdansk, ¿te ofenderías?

—¡Para nada!, es más, iría contigo. Ciertos lugares son terapéuticos y creo que allí hay muchas cosas por enfrentar y superar… Por ejemplo, tienes que perdonar a Agnieszka… —digo esto pausadamente sopesando mis palabras. Él se sobresalta un poco, pero sigue escuchándome—. Sé que es un proceso largo y doloroso. No quiero que lo veas como una justificación de sus actos, no se trata de eso. Perdonar no es justificar la ofensa, no es en beneficio del otro, no es una obligación para restablecer una relación: es simplemente el camino para sanar y liberarse.

—Qué ironía del destino, ¿no crees?

—¿Qué cosa?

—Cuando tenía nueve años me enseñaste la historia de Gdansk, y lo que más me impresionó es su lema: "La ciudad de la libertad". Me dijiste que allí nació un grupo que sería clave en la lucha y contra el comunismo. Y si tú dices que el perdón te hace libre, pues yo tengo que perdonar a todo lo asociado con Gdansk; padre, madre y la amiga de Agnieszka. En cierto sentido sería hacerla *mi ciudad de la libertad* —remarca esta última frase.

—No será fácil, ¡pero yo sé que lo lograrás! Además, Gdansk es maravillosa.

—¿Existe un lugar en el mundo que no te agrade? —sonríe.

—Hasta ahora, ninguno. Pero... ¡andando! Es hora de irnos, el sendero no es muy largo, en veinte minutos alcanzaremos la cima.

A pesar de la gran tormenta de la noche anterior, el terreno no está resbaloso, tampoco hay mucho fango, solo uno que otro charco de agua. Iniciamos el recorrido.

A los quince minutos hacemos una pausa en el ascenso para dar paso a los senderistas que descienden. Miłosz recoge unas piedrecillas y comienza a lanzarlas al vacío.

—¿Sabes, papá?, no quiero ser el chico adoptado y resentido con la vida. Es una etiqueta que no deseo —dice en tono muy serio.

—Hijo, no tenemos que aceptar todas las etiquetas que las personas quieran colocarnos; tampoco puedes controlar la manía de colocarlas por doquier. Lo único que podemos hacer es controlar la forma con la cual reaccionamos ante ellas.

—Es cierto... Es que tengo algunos compañeros de clase que son adoptados y viven resentidos, se lamentan casi siempre, dicen que sus vidas serían mil veces mejor si hubieran crecido con sus padres biológicos o al menos con sus familiares cercanos. En cambio, quien ha crecido con sus parientes dice que es mejor así... Que a veces los parientes traen solo problemas, y crecer con padres biológicos tampoco es una garantía de felicidad —lanza una nueva piedra. Sé que espera una respuesta.

—Mira, hijo: hay chicos resentidos con padres y madres biológicos en casa. No todos los que son padres quieren serlo, y no solo los orfanatos y las calles están llenos de huérfanos, también lo están algunas familias. Hay niños y adolescentes que son abandonados emocionalmente a su suerte, sus padres están y a la vez no; se dedican solo a las necesidades físicas dejando a un lado aquellas emocionales.

—*C'est la vie*... —Miłosz cambia inmediatamente el tema de conversación—. ¿Conoces muy bien este lugar?

—En realidad solo he estado dos veces. Hace un par de años que no visitaba estos parajes. Cuando tenía veinte años decía que primero me iba a dedicar a recorrer el mundo, y cuando hubiese empezado a envejecer visitaría los entornos de mi ciudad. Al parecer tomé una buena decisión, no me imagino practicando senderismo en el Reinebringen de las islas Lofoten a los setenta años.

—¡Papá, tú no tienes setenta! —dice riendo.

—Los tendré algún día, *C'est la vie,* como dices tú.

Retomamos el paso, esta vez en silencio. Llegamos a la cima. Allí se nos regala un paisaje único: una cadena de montañas en derredor, cada una más alta que la otra, algunas cubiertas por un ligero manto de nubes, que se mueven lentamente según la dirección del viento, pinos y hayas cubren de verde el paisaje.

—Wow, ¡qué vista! Merece una *stories* en Instagram —dice Miłosz, mientras con el teléfono móvil empieza a tomar un sinnúmero de fotos—. No soy un fanático del senderismo, pero creo que no está nada mal.

Me siento en una roca mientras él explora la zona que lo rodea, toma fotos, videos, recoge pequeñas piedras y las arroja. Luego, se acerca a mí y se sienta a descansar, observando detenidamente el paisaje.

—¿Sabes, papá?, siento como si en estos días hubiese vivido cinco años de un solo golpe.

—Te entiendo, siento lo mismo —me vuelvo a él—. Miłosz, tú me has contado tu lado de la historia, ahora yo te narraré el mío —él voltea hacia mí, acomodándose en un lugar de la hierba—. La primera vez que estuve en Polonia tenía veinticinco años; era el clásico viaje que se hace con los amigos durante el verano, habíamos decidido recorrer Europa del Este y la península balcánica. Durante el trayecto nos ocurrió algo... —me observa atento—. La camioneta había atravesado la frontera entre República Checa y Polonia, era mi turno de mantener despierto a quien conducía, mientras el resto dormía. Eran las ocho de la mañana, y el cansancio se hacía latente en todos. Yo no era la mejor compañía para mantener despierto a alguien, ya que mi atención estaba capturada por la inmensidad de los campos polacos. Parecían no tener fin y las nubes grises resaltaban las tonalidades verdes del paisaje, lo cual era una maravilla para la vista. Uno de mis compañeros empezó a narrar la historia de Polonia, desde los tiempos remotos hasta los campos de exterminio, todo en una forma interesante. A medida que él hablaba, dentro de mi mente empecé a asociar la nación a una señora de aproximadamente cincuenta años, cuyo rostro expresara claramente el paso del tiempo y el sufrimiento —noto que está algo confundido—. Lo sé. Suena absurdo asociar ciudades o naciones a rostros, pero siempre lo he hecho. La narración trajo a mi memoria la historia de una ciudad que se sintió abandonada, ultrajada, y a la cual el Señor le hizo la siguiente promesa: "No temas, porque no serás avergonzada. No te turbes, porque no serás humillada. Olvidarás la vergüenza de tu juventud, y no recordarás más el oprobio de tu viudez. Aunque las montañas cambien de lugar y los cerros se vengan abajo, mi amor por ti no cambiará, ni se vendrá abajo mi alianza de paz" —hago una pausa tratando de contener la emoción de tal confesión que hasta ahora sólo mi esposa sabía—. Algo caló hondo en mi alma en ese momento, me perdí en mis pensamientos mientras seguía observando aquellos espesos bosques. Mis compañeros cambiaron de tema y siguieron adelante con el diálogo, en cambio en mí algo se había despertado —trago saliva para evitar que mi voz se quiebre—. No entendía lo que me estaba pasando, era algo que no había sentido antes. Siempre había pensado en mí mismo, vivía sin preocupaciones, disfrutando del momento. Pero algo cambió en ese viaje, Polonia suscitó en mí un sentimiento nuevo, maravilloso. Sin embargo, sabía que no podía cambiar la historia completa de una nación. Al principio me sentí un poco frustrado, pero después entendí que sí podía intervenir en la vida de uno de sus hijos. Por eso decidí que yo quería ser padre de uno de ellos. Así nació mi sueño de encontrarte. Así naciste tú.

—Papá, suena a algo de locos…

—No. Suena a algo de amor. Todos decían que estaba loco, menos tu mamá cuando se lo conté. No importó lo que dijesen los demás, la interminable burocracia, los continuos viajes, las largas entrevistas con los psicólogos, tener que trabajar horas extra para aumentar los ingresos y demostrar la solvencia económica necesaria, y las leyes gubernamentales que hicieron el proceso más difícil de lo que era… y los años, los quince largos años de espera, para llegar hasta ese momento cuando finalmente te estreché en mis brazos. Yo te escogí, Miłosz, mucho antes de que nacieras —sonrío con los ojos húmedos mientras acaricio su cabello y él sonríe mientras se limpia las lágrimas—. Desconozco las razones de Agnieszka, sé que cometió errores y no la juzgo, pero… ¿sabes qué hizo bien?

—No tengo la más mínima idea de qué bueno haya podido hacer.

—Escoger tu nombre. Miłosz y Miłość son casi la misma palabra. Se diferencian por una ligera aspiración en la pronunciación al final de la consonante. La primera palabra es un nombre, la segunda significa "amor". En muchas culturas se cree que el nombre de una persona influye mucho sobre su destino. Yo creo que es cierto. ¡En tu caso lo es…! Pues tú eres grandemente amado. Hijo, tú me has contado tu parte de la historia, yo te he contado la mía… Te toca a ti decidir cuál de las dos va a regir tu vida de ahora en adelante.

***

Hoy cumplo cincuenta y tres años. Todo está listo. Celebraremos con mi esposa e hijos haciendo senderismo. El recorrido iniciará en la cafetería sin desayuno inglés a la que fuimos con Miłosz hace un año. Me gusta la idea.

Después del desayuno comenzamos el ascenso. Me adelanto. En el bolsillo de mi pantalón cargo un sobre que anhelo leer, es de Miłosz. Me lo entregó antes de salir de casa, con la consigna de leerlo a solas antes de terminar el día. La cima será el espacio ideal.

Llegamos. Mi esposa y nuestros hijos se distraen tomando fotos y recorriendo cada rincón. Los veo alejarse, elijo una roca para sentarme y abro el sobre. Adentro hay una fotografía instantánea que nos tomamos hace un par de meses, en ella estamos los cuatro, el día que Miłosz participó de nuevo en otro maratón, esta vez, adjudicándose el tercer lugar. Despliego un pedazo de hoja que acompaña la fotografía:

Papá:

¿Sabes qué tienen en común los superhéroes como Batman, Spiderman, Wolverine y Ironman? Seguramente estarás pensando que tienen superpoderes. Bueno, aparte de eso… Son huérfanos y buscan en la vida una especie de redención. Sus historias atraen por eso, porque al final, después de tantas tormentas llega la bonanza, y a todos nos gustan los finales felices.

Aquella vez en la colina me dijiste que dependía de mí escoger mi origen. Siempre creí que el abandono de mis padres biológicos sería una marca que llevaría de por vida. Que ese era mi origen. Jamás me detuve a reflexionar, ni siquiera por un instante en la segunda maravillosa oportunidad que la vida me había regalado.

Tú me enseñaste que no son las decisiones de los otros lo que determina quién soy, sino que escoger está en mi poder. ¡Es mi elección! Puedo abrazar para siempre el estatus de "huérfano" o escoger aquel de "adoptado… escogido". Y elijo el segundo.

Papá, no tengo la mínima idea de qué me depare el futuro, no sé qué huella dejaré en esta vida, no sé si un día tendré hijos, no sé nada. Solo tengo una certeza: mi recompensa llegó mucho antes de lo que esperaba. ¡Mi recompensa eres tú, papá!

El curso de mi historia ya cambió hace años gracias a ti. Mi vida no será un elogio a la soledad o a la independencia total, no será un "salí adelante por mí mismo" sino un "no salí adelante solo". ¡Prefiero que sea así!

Con amor,

tu hijo, Miłosz.

 **Karen Enríquez.** Viajera empedernida y ciudadana del mundo. Estudié Mediación Lingüística y Cultural; tengo un máster en Relaciones Internacionales. Soy una apasionada de la literatura, el arte, la moda, la fotografía, historia, cine y los derechos humanos. En mis ratos libres me dedico a actividades de voluntariado en asociaciones sin fines de lucro. Nací en Ecuador. Actualmente resido en Milán y espero que no sea para siempre.

Los colores del alma

Mari Cortés

Un ruido ensordecedor invadía todo: pasillos, paredes, ventanas, hasta la niebla oscura que se iba acercando como si la guiara alguien hacia mí.

Corrí tan rápido como pude. Giré a la derecha, a la izquierda, hasta que di con una pared blanca, la única que todavía no había sido consumida por las tinieblas.

Mi piel estaba fría por el miedo. No sabía qué hacer.

Miré de nuevo hacia la pared esperando ver en ella mi salvación, pero me encontré con un espejo a punto de quebrarse de tanto que vibraba. Un horrible espejo que reflejaba lo que se aproximaba. Algo llamó mi atención: yo no me reflejaba, era como si no existiera, como si lo único real fuera esa oscuridad que amenazaba con ahogarme. Me di vuelta tan rápido que casi golpeo a alguien. Una chica. Había una chica, y estaba parada frente a mí. Detrás de ella todo desapareció. Ni ruido, ni niebla. Solo una joven con mirada triste, cabello negro desordenado y piel pálida. Realmente asustaba. Sus labios se abrieron un poco, parecía como si quisiera decir algo. Entonces una lágrima se deslizó por su mejilla.

La miré directo a los ojos. Se me hacían muy conocidos... Era yo. ¡Era yo! Me sobresalté dando unos pasos hacia atrás, alejándo-

me de mi doble. Respiré intensamente. ¡No podía ser yo! Ella no era la chica que recuerdo haber visto por última vez en un espejo. ¡No había color en ella! ¡Sus ojos estaban drenados de vida! Todo esto la hacía ver pequeña y débil. ¿Por qué lucía de esta manera?

Me encogí al ver cómo acercaba su mano izquierda y dejé de respirar justo cuando la colocó sobre mi hombro izquierdo.

Y absorbió mi vida.

Absorbió mis colores.

Se lo llevó todo.

Dejando solo esto en mí: oscuridad.

Un intenso dolor en mi hombro me despierta. No importa lo mucho que lo masajee, no deja de doler y pulsar por la ausencia de mi brazo izquierdo. Me levanto despacio sintiendo también una presión en el pecho. No dejo de temblar. Gotas de sudor recorren mi espalda. Lo único que deseo es correr, pero no quiero despertar a mi papá; así que trato de calmarme lo suficiente para no hacer ruido.

Espero unos segundos a que mi vista se adapte a la oscuridad, y camino hacia el lugar que siempre me acoge cuando despierto asustada como hoy: mi rincón del arte. Puedo llegar a él aunque me venden los ojos.

Tomo un lienzo nuevo. Mis pinturas me esperan; son colores fríos, oscuros y sin vida. Las abro e inmediatamente el olor a aceite invade el espacio; y comienzo a llenar el vacío con todo el miedo que me abraza.

Pinto la niebla que esta noche fue la protagonista de mi pesadilla, con sus ondas altas; también el espejo en el que no me reflejé;

sin olvidar el minúsculo punto negro que incluyo en todas mis obras. Ese punto soy yo; el mismo que pinto desde hace once meses.

¡Once meses ya! Y cada instante permanece intacto en mi cabeza. Cada vez que cierro los ojos, siempre lo mismo: el olor a tierra mojada, las gotas de lluvia que cubren el parabrisas del auto, la sonrisa de mamá y su mano acariciando suavemente mi brazo... Casi puedo sentirla y eso me mantiene con vida.

Dejo de pintar y voy al tocador. Tomo un cepillo y lo paso por mi cabello largo y ondulado. A pesar de que estoy frente al espejo no me miro, ya no lo hago.

No soporto verme así. Triste. Incompleta.

No tener un brazo afecta mi vida de muchas maneras. La parte difícil es vestirme, a veces mi cabello se atora entre dos prendas y jalo, provocando que me duela el cuero cabelludo; pero al vivir sola con mi papá no tengo otra opción que arreglármelas para esas "cosas de mujeres". A veces, despierto sensible y lo único que quiero hacer es gritar de impotencia por un cierre que se atora o un nudo en mi cabello que no puedo deshacer.

Para mi padre es difícil la situación. A veces lo observo sentado en el sillón, pensativo, y casi puedo adivinar lo que pasa en su cabeza: sé que quiere ayudarme pero no hay forma de regresar el tiempo. Por eso, estas vacaciones las paso lejos de casa. Nos hará bien a ambos un espacio.

Llego a la casa de Fa, donde pasaré el verano. Aquí me muevo con naturalidad, es como mi segundo hogar; ella y yo nos conocemos desde hace tiempo y siempre hemos compartido la misma pasión por el arte. Fa es pintora, dice que no es profesional pero la verdad es que para mí lo es; sus cuadros son maravillosos. La considero mi guía, ella sabe cómo conducir todo el mundo de colores y formas que me habitan.

—Carmen, ¡bienvenida! —me abre justo cuando voy a tocar el timbre—. Pasa. Acomódate. Voy saliendo. ¿Quieres que te traiga algo de la tienda? Voy por más pinturas.

—Claro, estarían bien dos lienzos.

—De acuerdo, no tardo.

Después de escuchar que la puerta se cierra me dirijo a la habitación favorita de Fa, o sea, el lugar que invadiré cada madrugada: su estudio. Las paredes blancas hacen que resalten todas las coloridas pinturas; algunas las he visto en fotos, pero la mayoría son nuevas para mí.

Me acerco a ellas y lo único en lo que puedo pensar es en tratar de descubrir los secretos que ocultan. Están firmadas con su apellido: Reus. Cada una cuenta una historia; no conozco todas, pero Fa me ha platicado algunas.

Reconozco una de ellas, me acerco. Se me hace asombrosa. Sus tonos son sepia. Es un bebé que está siendo amamantado por su madre. Fa atrapa y transmite en él lo importante: la ternura de un recién nacido en brazos de su madre, una artesana. Por lo que me platicó mi amiga, esta mujer se iba a sentar todos los días en el mismo sitio frente al parque, tendía en el suelo su chal y se sentaba con su bebé a vender canastas y flores de palma. La realizó hace cinco años, y a pesar de haberla visto innumerables ocasiones sigue teniendo el mismo efecto en mí.

Vuelvo mis ojos a la derecha, donde sé que estará otra de mis favoritas. Se trata de dos niñas, la mayor sostiene a la menor de la mano, ambas tienen una paleta y se miran sonrientes. En esa mirada puede percibirse que han hecho una travesura. No conozco la historia de esa pintura, pero siempre me atrapa la fuerza de complicidad y fraternidad que refleja.

Miro hacia la otra pared. Hay un cuadro colgado en ella, es el mío; lleno de debilidades, dolores, y de la tristeza que me come por dentro y salpica cada uno de mis trazos. No tiene comparación con los de Fa; los de ella atrapan historias de luz, y el mío… Bueno, en realidad prefiero no contar su historia. Hacerlo requiere fortaleza, y yo aún no la encuentro.

Moví lentamente mis brazos y piernas a través del pasto, se sentía húmedo y suave en mi piel. El aire estaba fresco y el cielo gris. Parecía como si fuera a llover.

Comenzaban a sentirse vibraciones. Al ver que en lugar de detenerse se intensificaban, me puse de pie.

Uno…

Dos…

Conté los segundos que pasaban.

Y escuché un golpe tan fuerte que mi primer instinto fue hincarme y cubrir mi nuca.

Así permanecí hasta que el último eco desapareció. Un intenso olor a hierro me invadió. Observé. Había ceniza volando a mi alrededor y percibí un sabor metálico en la boca. Mis latidos se aceleraron, sentí terror. Al miedo le siguieron las náuseas, pero resistí. Un líquido espeso y frío se deslizó por mi barbilla. Miré el pasto. Era sangre. Grité.

—¡Corre! —me repetí varias veces. Y lo hice.

No sabía de quién estaba huyendo y eso era lo que más me asustaba. Aun así, me forcé a no detenerme. Mi vista estaba nublada, y sentía que todo alrededor se movía. Estuve a punto de caer varias veces en el camino. Vi un río y no dudé en atravesarlo.

En el intento de brincar de una roca a otra resbalé y me golpeé una rodilla. Pude ver la sangre atravesar la prenda, la presioné esperando que eso detuviera el sangrado. Levanté mi rostro húmedo y en ese momento lo vi. Un precipicio.

El río y el campo habían desaparecido.

No podía levantarme. Había muchas cosas a las que le temía en esta vida. Y una de ellas era a las alturas.

Me preguntaba si alguien vendría por mí.

Es madrugada. Despierto llorando. Trato de ahogar mis sollozos con la almohada para no asustar a nadie. Me pongo de pie y, siguiendo mis instintos, camino. Cuando llego a mi nueva habitación favorita tomo un lienzo nuevo y lo coloco en un caballete. Saco un poco de pintura de los tubos. Escucho unos pasos.

Es Fa. Me mira. Descalza, en pijama y con lágrimas aún corriendo por mis mejillas.

—Voy a tomar un poco de pintura —susurro agachando mi cabeza para ocultarme entre las sombras. No quiero que me pida hablar de mi pesadilla.

Me mira y asiente.

—Toma la que necesites.

Llega la tarde y decido salir del encierro. Fa me invita al parque, y me pide que lleve mi caja con carboncillos y mi libreta de bosquejos. Cuando llegamos buscamos un sitio para sentarnos. Al fin encontramos uno que a ella le agrada.

—Observa todo a tu alrededor, busca una sombra y dibújala —su objetivo hoy es ayudarme a mejorar la técnica de sombras.

Lo hago. Comienzo a escanear el lugar. Hay muchas. Los árboles proyectan una sombra enorme, así como también el carrito del señor que está vendiendo helados. Pero no me convencen, quiero algo distinto.

Miro al frente, y del otro lado de la calle veo una señora sentada en el suelo, viste una blusa blanca y una falda floreada con tonos de azul que van de oscuros a claros, y a pesar de que sus manos están en movimiento puedo darme cuenta de que sostiene en ellas tiras de palma de colores. Está tejiendo flores.

¡Es la mujer de la pintura de Fa! Verla me emociona. ¡Es la protagonista de un cuadro maravilloso! Aunque falta alguien…

—Su hijo ya no nos acompaña. Lamentablemente, enfermó en meses pasados y… lo que era una simple gripe que con un antibiótico, abrigo y cama se curaría, se transformó en pulmonía y no la libró —dice Fa. Parece que lee mis pensamientos.

Mi rostro se congela, no puedo creerlo. Pienso en cómo detrás de esa mujer que transmite vida, color, movimiento, hay una sombra de dolor, un vacío en sus brazos… y en eso me concentro mientras pinto. Trato de imaginar cómo luciría hoy aquel bebé. En el efecto del tiempo que todo lo transforma, aunque luchemos contra ello. ¿Podrá algún día el tiempo transformar mi dolor, vencer mi resistencia?

Entre trazo y trazo la luz solar disminuye. Partimos a casa, a enfrentar de nuevo la noche, que, una vez más, no tiene piedad de mí y me arroja de nuevo al pozo donde habitan mis temores.

Abrí mis ojos y vi que alguien estaba ofreciéndome su mano.

Era una mujer. Su cabello negro estaba suelto y su rostro al descubierto.

No la conocía. Pero ella, al parecer, a mí sí, porque me sonreía tiernamente. Tomé su mano y ella me ayudó a levantarme. Estaba en el borde del precipicio, respiré profundo y traté de no mirar hacia abajo. Mis piernas amenazaban con doblarse, la altura estaba comenzando a tener efecto en mí.

Entonces sentí cómo la mujer tomó mi rostro con ambas manos, las sentí tibias y suaves. Con sus pulgares cubrió mis ojos.

Por un breve momento la presión que estuve sintiendo en mi pecho se desvaneció y me sentí como una pluma. Volaba. Me elevaba. Escuché el silbido del viento. Y para cuando mis pies volvieron a estar en contacto con tierra firme tomé las manos de la mujer y las aparté de mi rostro abriendo los ojos al mismo tiempo.

Fue como si cayera sobre mi espalda un balde de agua fría, la miré a los ojos y la vi. ¡Realmente la vi!

A mi madre.

¡No podía creer que no me había dado cuenta antes!

Estaba ahí. ¡Justo en ese momento! Solo que ya no sonreía como antes. Sus pómulos brillaban cubiertos de lágrimas. Su expresión vestía tristeza.

Me acerqué más a ella y abrí mis labios, pero no salió sonido alguno. Lo intenté de nuevo y dolió.

¡Quería gritar! ¡Quería que supiera lo mucho que la extraña-ba! ¡Lo mucho que quería que volviera! ¡Pero no podía!

Caminé hacia ella, intenté abrazarla. Deseaba oler nuevamente el dulce perfume que solía usar… Y fue imposible… Todo se nubló de un momento a otro, la vi desvanecerse, hasta no quedar nada.

Lloré.

Son las tres de la mañana. No logro serenarme, mis manos tiemblan, intento presionar el tubo y salpico el suelo con pintura blanca. Mis dedos sujetan firmemente el pincel para agregar al cuadro que inicié hace días un velo blanco; hago un gran esfuerzo para que parezca suave; como el toque de mi mamá. Me tomo mucho tiempo para ello, trazo a trazo. Las horas corren, mis ojos se cierran, me gana el cansancio y no logro llegar a mi cuarto.

Despierto en el sillón azul del estudio. Los rayos del sol sobre mi piel me hacen sentir viva, casi feliz. Siempre pasa esto. La luz solar es energía, me renueva, como si nada malo pudiera pasar ya. Aprovecho este empujón de ánimo para acompañar a Fa al escenario que ha escogido para nuestra clase. Hoy me enseñará técnicas del manejo de la luz.

Llegamos a la entrada del mercado municipal. Las personas entran y salen cargando sus mercancías. Un gran bullicio es la melodía común: anunciadores de ofertas, vendedores de flores y clientes que regatean sacando el mejor precio.

—Quiero que trabajes con tonos brillantes, escoge a una persona y dale vida con color.

—De acuerdo —tomo mi lápiz y observo todo a mi alrededor. Hay tantos elementos que puedo incluir que me demoro en escoger.

—Selecciona muy bien los colores que vayas a utilizar, pues eso te permitirá transmitir más de lo que crees —concluye Fa, mientras instala nuestros caballetes y pinceles.

Tantos colores, formas y olores me abruman. Me dejo llevar por ellos, intento no pensar en otra cosa y algo extraño pasa: la energía de todo ese escenario me llena, me empuja a sonreír. Sé que Fa también lo percibe, pero no dice nada, me deja ser. Y por primera vez en mucho tiempo, siento un poco de paz.

¡Una noche más! Van seis en las que cierro los ojos y simplemente duermo. Ningún desvelo. Ninguna pesadilla. Y eso se me nota.

Me levanto, preparo el desayuno y tarareo una canción que tengo en la cabeza desde aquel día del mercado.

—Llevas días durmiendo bien, ¿no? —Fa interrumpe mi concierto mañanero con su pregunta.

—Sí. Y es un alivio. Parece que ya pasó todo —me apuro a servirle, quiero evitar la conversación. Temo que si hablo de ello, todo vuelva.

—Tranquila, amiga; un paso a la vez. Sé que no quieres hablar de eso. Cuando estés lista, ¿sí?... —señala una silla para que la acompañe—. Volviendo a las clases. Ya tienes las sombras y los tonos pastel... Ahora aplica ambas en el cuadro que estás trabajando. Una gran obra debe poder transmitir los contrastes... ¡Como en la vida!

—¿Como en la vida?...

—¡Sí! La vida no se trata solo de luz o solo de sombra. Hay días llenos de color, como en aquel mercado, llénate de ellos. Pero también prepárate para los días de sombra, como el arrullo vacío de aquella mujer —hace una pausa. Apoya su mano en la mía y me mira a los ojos—. Amiga, si quieres salir no puedes seguir corriendo, hay que aprender a abrazar ambas: luces y sombras.

—Dije que no quería hablar de mí —retiro mi mano bruscamente. No quiero hablar de ello. ¡No quiero! Sé que si evito mirar mi reflejo o hablar del tema, podré escapar del monstruo que cada noche me acecha.

—Tranquila. Cuando estés lista, ¿sí?...

No quedan muchos días de vacaciones, pronto estaré nuevamente en mi hogar, mientras tanto establecemos una rutina: desayunamos juntas. Nos instalamos toda la tarde en algún escenario nuevo para trabajar una técnica. Cuando baja el sol hacemos compras, vamos al cine o a tomar algo y, ya entrada la noche, cada una tiene su tiempo personal.

Tres de la mañana. Una punzada en el hombro izquierdo me despierta. El dolor es inmenso. Siento como si la carne se abriera. Me retuerzo en la cama. Muerdo mis labios para no gritar. No puedo más. Mil navajas parecieran abrirse paso desde el interior de mi hombro… Grito. Grito tan fuerte que despierto a Fa, quien llega aterrada a la puerta de mi cuarto. Me mira sin saber qué hacer. Estoy sentada en el piso, apoyando mi espalda en el borde de la cama y aferrando mis piernas con mi único brazo.

—¿Qué te pasa? ¿Qué hago? —suena alterada. Nunca me había visto así.

—Mi... mi... —señalo con mi mano derecha el espacio en el que solía estar mi brazo.

—¿Puedo conseguirte algo? Tal vez una pas... —dice mientras toma la temperatura de mi frente.

—No sirven... Ya se pasará... —ahora soy yo quien intenta calmarla.

—Lo... lo... solucionaremos, Carmen —toma su celular y comienza a escribir algo, solo espero que no esté enviando un mensaje a mi papá o... pidiendo una ambulancia.

—Por favor, no llames a mi papá ni a emergencias. Esto siempre se pasa solo... —no quiero ver nuevamente mis brazos morados. Ni siquiera quiero recordar el olor a hospital. ¡No quiero revivir todo eso!—. En verdad, amiga... Por favor...

—¡Lo tengo! —dice Fa. Se levanta y sale corriendo de la habitación.

No tengo idea de qué planea. Pasan unos segundos y regresa cargando en sus manos a uno de los principales protagonistas de mis pesadillas: un espejo.

No quiero verme en él. Fa lo coloca al lado de mi hombro izquierdo, justo donde solía estar mi brazo.

—¡Mira hacia el espejo! —su grito me paraliza. No quiero hacerlo—. Hazlo, por favor, amiga... —suaviza su voz pero no logra convencerme. Muevo mi cabeza de un lado al otro, negándome—. Déjame ayudarte. Intentemos esto. Hazte este favor y acaba con el dolor —su voz tiembla.

Giro el rostro y la miro. ¡Sus ojos! ¡Sus profundos ojos están llenos de angustia! ¡Ella siente mi dolor! No quiere verme de esta manera. Pero más le duele que yo no le permita ayudarme.

¿Y si tiene razón? ¿Y si esto sirve?

Respiro hondo varias veces, controlando mi temblor.

Confío en Fa. Asiento.

—Mira e imagina que ese reflejo que ves ahí es tu... tu brazo.

Es una tortura mirar este brazo que parece el fantasma del que ya no está.

¡Quiero que sea real!

Las lágrimas hacen que mi visión sea borrosa. Fa comienza a frotar mi brazo derecho; lo dobla y estira varias veces...

—Mira el espejo e imagina...

Sigo sus instrucciones.

Miro e imagino.

Miro y siento. Y lo creo por un momento.

Mi brazo izquierdo no está ahí pero el dolor disminuye. Cierro los ojos cargados de agotamiento. Fa me ayuda a levantarme, me lleva a la cama y caigo rendida.

Si pudiera describir la soledad diría que es fría. Pues así era como me sentía. Aunque también frágil y débil. Todo dolía; incluso caminar. Era como si espinas perforaran mis pies descalzos. Aun así, seguí caminando. Había dos senderos y escogí el segundo porque tenía flores de diversos colores. Creo que lo único que me motivaba a continuar era ese increíble olor que desprendían. Perfumes dulces.

De entre todas solo una flor atrajo mi atención: un girasol.

Sus pétalos amarillos me llamaban, así que me acerqué lentamente. Cuando me encontré frente a ella, arrimé mi mano y segundos después escuché que algo tronó.

Su tallo. Lo quebré.

Quise repararlo, pero ya era tarde.

Y entonces lo entendí:

Aquella noche pudo haber sido mi fin, pero no lo fue. Y yo estoy viviendo como si lo fuera.

No puedo volver al pasado y cambiar los acontecimientos. No puedo hacer que esos minutos de felicidad junto a ella no sean los últimos.

Tomé el girasol en mi mano. Contemplé su belleza. Rocé mi mejilla con él. Disfruté su suavidad… y uno a uno, sus pétalos fueron soltándose, perdiendo el color, el brillo, la vida…

Hay cosas que se rompen y no tienen arreglo. Solo nos queda celebrar que estuvieron.

No soy capaz de aceptarlo. Soy débil. Me siento sola…

Otra vez la punzada. Despierto sudando. Me duele. Busco a Fa en su habitación, en la sala y en la cocina. No está. Encuentro una nota en la que me dice que salió a entregar unos cuadros y regresa en la noche. Miro el reloj: cuatro de la tarde.

Otra punzada. Está vez más intensa.

Me encojo de dolor. Grito.

Es inútil. No hay a quién pedir ayuda.

Estoy sola. Sola con mis tormentas.

Camino por toda la casa. Llego al estudio y me detengo frente a mis pinturas. Fijo en ellas mi mirada. Me concentro, dejo que me hablen. Olvido el dolor por un momento.

Ondas de niebla, precipicios, velos blancos, gotas de sangre…

—Pero… después de todo eso, ¿en dónde me encuentro ahora? —me pregunto en voz alta—. No estoy a punto de caer de ese precipicio. Tampoco estoy sangrando. Me siento sola pero… ¡no estoy sola! Tengo a mi padre, a Fa… ¡No estoy sola!, pero he elegido sentirme así. Preferí huir del dolor que aceptar y sanar. Elegí encerrarme antes que pedir ayuda. Vivo torturándome con lo que ya no tengo, sin ver más allá… —subo el volumen de mi voz. Sé que estoy sola en la casa, necesito escucharme—. ¡Ya es suficiente, Carmen! Estoy cansada de no poder dormir. Harta de ser débil. No quiero que mi vida sea así. No quiero que cuando las personas observen mis pinturas vean terror en ellas sino esperanza. Quiero inspirar. Que valga la pena todo. ¡Quiero intentarlo! —otra punzada. Me doblo. El dolor llega hasta mi abdomen—. ¡No me importa que duela! —el llanto inunda mi garganta—… Puedo hacerlo. ¡Voy a hacerlo!

Voy al cuarto de Fa. Me paro frente al espejo de su clóset. Tomo valor para observarme. Inhalo y exhalo varias veces hasta sentirme lista.

Levanto la mirada y ahí estoy.

Es mi rostro y a la vez el de mi madre, heredé muchas de sus facciones. Una cicatriz atraviesa mi mejilla derecha, la rozo con mis dedos. Es real, pero hace mucho que ya no duele. Ha cicatrizado. Acerco aún más el rostro hasta sentir que mi nariz roza el espejo, y veo el pequeño lunar de mi barbilla, lo heredé de ella. Me alejo y me concentro en mi hombro izquierdo por unos segundos. Me vuelvo de perfil y repito el ejercicio que hice con Fa. Sonrío. Es increíble que algo que encontró en Google haya sido la herramienta principal para todo este cambio.

Lo siento real. Está aquí el brazo que he perdido, y por primera vez lo acepto. Me despido. He sobrevivido sin él, solo me queda aceptarlo. Realmente aceptarlo.

La punzada ya no existe.

Nuevamente me miro. Intento familiarizarme con lo que soy: una chica alta, con cabello ondulado, morena, ojos cafés intensos y con un solo brazo.

Corro hacia las pinturas de Fa. Una vez me platicó que había pintado algo sobre mí. Busco ese cuadro. Lo encuentro. ¡Aquí está! Ella tiene la habilidad de plasmar la esencia de sus modelos en cada lienzo.

Observo el cuadro. Es una chica de cabello negro, tan largo que se extiende por gran parte del lienzo; su vestido es blanco y hay diamantes regados por el suelo. No lo comprendo bien. Me alejo un poco y vuelvo a mirar. No están regados al azar, ellos forman la sombra de la chica, y puedo jurar que brillan intensamente. El paisaje lo completan coloridas gotas de pintura.

Algo ocurre. No sé si es la pintura o el reflejo del espejo, pero necesito pintar. Tomo un pincel, un lienzo y las pinturas de Fa, sólo que esta vez tengo colores diferentes a los que solía usar. Comienzo a bosquejar el accidente que se llevó a mi madre y me dejó herida: pinto el auto, la neblina que obstruyó el camino, los cristales que se me incrustaron en el brazo, las luces del otro vehículo, el que se desvió de su carril y se lanzó hacía nosotros, ignorando las heridas que haría. También incluyo el precipicio por el que caímos, pensando que ninguna sobreviviría.

Ahora dibujo a mi mamá, representada en un girasol; al lado de todo el desastre. Esta vez no me incluyo como un punto, sino que dibujo mi mano izquierda tomando esa bellísima flor. Ambos elementos resplandecen con un halo de luz.

Tres horas frente al cuadro. ¡Está listo! Lo admiro. Intento aprenderlo de memoria. En él descansa parte de mi historia, pero sé que no solo soy eso.

Me alejo. Tomo los dos cuadros anteriores que había hecho y el nuevo, voy al patio trasero, los coloco en la zona de pavimento, dejando arriba el nuevo. Rocío sobre ellos alcohol, suelto un cerillo y veo cómo el fuego consume todo aquello que durante tantas noches y días fue mi prisión.

—¡Carmen! ¿Estás bien? —Fa se queda paralizada ante el escenario. Su mirada va de la fogata a mi rostro y nuevamente a la fogata.

—Ahora lo estoy —me acerco a ella y paso mi brazo por sus hombros—. Ahora lo estoy, amiga. Gracias —asiente. Sé que no necesita que le explique nada. Ella entiende.

Nos quedamos de pie observando las llamas, hasta que todo se reduce a cenizas. Por primera vez desde el accidente me siento libre.

—Amiga…, ¡qué forma de terminar tus vacaciones! —me da una caricia en la espalda—. Hoy te vas a casa…

—Hoy regreso a la vida.

Nos damos un fuerte abrazo. Un golpe en la puerta de entrada nos interrumpe. Es mi padre. Le abro, lo miro a los ojos y no puedo contener las lágrimas. Él me abraza y acerca sus labios a mi oído:

—Hija, te he extrañado tanto.

"Yo también, papá. Yo también", dije en mi mente.

Mari Cortés. Mexicana. Desde niña encontré refugio en los libros, sintiéndome identificada con los personajes de las historias. Soy licenciada en educación preescolar, pero ser escritora siempre ha sido mi sueño y ahora es una realidad. Escribo porque creo en el poder de las palabras.

Tengo un canal de YouTube, donde hablo de mi pasión por la lectura, llamado *En otros mundos.*

Crónicas de Izhabelh

Manuel Alquisirez

El silencio de la casa es interrumpido por el ruido del hielo que deposito en el vaso al servirme más *whisky*. Agito la bebida y le doy un trago mientras me acerco al cuadro que cuelga en la pared. La imagen de Frida Kahlo me mira fijamente. El lienzo incluye un reloj que marca las 2:54. La obra se llama *El tiempo vuela*. No puedo evitar sonreír con aciaga melancolía. A fin de cuentas, todo se desvanece, igual que el humo del cigarrillo que sostengo en mi mano izquierda.

Y yo no soy la excepción.

Cada día me siento más vacía, más hueca, más sola.

Extiendo mis brazos y empiezo a dar vueltas. Giro sobre mis pies, dejando caer parte de mi bebida. En mi imaginación escucho los sonidos de piano y violín de la *Sonata Claro de Luna*, de Beethoven, que me dedicaron alguna vez. Río en voz alta y me dejo caer en el sofá. Desde allí puedo ver mi imagen en el gran espejo de la sala.

Siempre fui delgada, de estatura mediana y voz suave. Seria y alegre para adecuarme a cada situación. Sin embargo, los golpes de la vida fueron haciendo eco en mí, llevándome a este estado de depresión del que no sé salir. Mis ojos cafés, levemente rasgados, ya no tienen el brillo de alegría que los caracterizaba y mi cabello castaño, otrora delgado y radiante, luce áspero y maltratado. Miro la copa en mi mano. Yo no soy alcohólica, pero de vez en cuando mitigo mi desdicha con el alcohol. De niña siempre vi a mi padre olvidarse de sus problemas haciendo eso, y con el paso de los años, he adquirido el mismo patrón.

Lo sucedido esta tarde fue la gota que derramó el vaso. El punto final. El declive de una relación fundada en sueños y esperanzas. El límite entre el deseo de seguir o renunciar.

Yo opté por lo segundo.

Sobre la mesa de centro está su carta. Podría recitarla de memoria. La tomo y vuelvo a leer:

Querida Izhabelh:

Las palabras del poeta italiano Gian Franco Pagliaro encierran lo que en estos momentos me sucede. Quisiera no escribirte esta nota, pero es lo mejor.

Podría decirte que me entretuve con la vida en el camino, que me encontré con un recuerdo de la infancia, que fui detrás de un cometa y se hizo tarde. Que me perdí entre diez mil manifestantes.

Podría decirte que un viejo amigo me invitó a ver el alba, que estuve hablando de negocios con el diablo, que casi vendo el alma por la gloria. Pero solo tomamos un café.

Podría decirte tantas mentiras, algunas tontas, otras no tanto. Otras piadosas, otras muy lindas y algunas más para quedar bien. Y tú, amor mío, igual que siempre, me creerías porque me amas. Pero esta vez, sinceramente, quiero que sepas que te fui infiel...

Podría decirte que tuve un día de esos en que no veo salidas.

Que fui a un bar y me bebí toda mi angustia. Que me sedujo una mujer sin apellidos. Que no recuerdo ni el color de su cabello.

Podría decirte que fue tan solo una aventura de mi cuerpo, que fui una víctima del frío de la noche; que al fin y al cabo soy un hombre como tantos. ¿Quién no engañó a su mujer alguna vez?

Podría decirte tantas mentiras, algunas tontas, otras no tanto. Otras piadosas, otras muy lindas y algunas más para quedar bien. Y tú, amor mío, igual que siempre, me creerías porque me amas.

Pero esta vez, sinceramente, quiero que sepas... que me enamoré.

Perdóname.

Adiós...

Sí. Me la sé de memoria, pero cada lectura es una nueva navaja que me corta, un dolor renovado. Lloro. Miro la carta y tomo la decisión: la rompo y lanzo los pedacitos al aire. Así, como esa carta, siento mi vida: rota, destruida, desgarrada. Veo sus restos en el suelo y comienzo a gritar. Estoy furiosa, triste, enojada... Arrojo mi bebida contra la pared y los vidrios vuelan por todas partes. El cuadro se ladea aferrándose al clavo que lo sostiene. Aprieto con coraje el cigarrillo entre mis manos. No me importa quemarme. Eso es nada comparado con el dolor que en este momento siento. Presa de un coraje incontrolable, comienzo a destruir todo lo que hay a mi alrededor. Destrozo los jarrones. Voy hacia el librero y uno a uno desparramo libros, retratos, figuras de cerámica... Toda mi historia de lecturas y recuerdos yace en el suelo. Me recuesto sobre ellos ahogada en un mar de llanto.

Trato de entender en qué momento mi vida se fue al vacío. Pero no. Para mi mal ya no hay respuestas, mucho menos solución.

O tal vez sí.

Limpio de un solo movimiento mis lágrimas. Tomo la botella de *whisky* que está en el suelo, me levanto y le doy un último trago. He tomado una decisión. Camino hacia la salida, arrojo la botella contra la pared. Esta vez, el cuadro sí se cae. Y con él, el tiempo deja de volar.

Camino por la acera con la vista perdida. El cielo está nublado, los relámpagos se vislumbran en el horizonte y algunas gotas comienzan a caer. Los transeúntes van y vienen. Ninguno se detiene en mí. Ni yo me detengo en ninguno. Hasta que los veo: una pareja pasa a mi lado, se abrazan de manera efusiva. Él es alto, delgado, de barba profusa; ella de baja estatura, cabello rizado y ojos redondos. Voltean a verme. Yo hago lo mismo. Parecen felices. "Pobres tontos, no saben lo que es el amor", pienso. Yo también caminé una vez con ese brillo en la mirada, con la ilusión puesta en un nombre: Ángel.

Iba tomada de su mano y parecía que el mundo se había detenido. Siempre soñé con ese momento, desde aquel primer encuentro en la fiesta universitaria, cuando me atrapó de una vez y para siempre con los acordes de su guitarra.

Y ese día, dos años después, caminábamos por las playas de Huatulco. El sol en su esplendor y esa brisa marina nos invitaron a acercar nuestros cuerpos.

De repente, Ángel se desplomó. Me alarmé. Empecé a moverlo insistentemente tratando de que reaccionara. No hubo respuesta. Seguí insistiendo. Lo sacudí. Miré alrededor para pedir ayuda. Casi al borde de las lágrimas comencé a gritar y él no aguantó más y empezó a reír a carcajadas.

—Tonto, me asusté.

—Lo siento, mi amor; no fue mi intención —se reincorporó y me abrazó—. Te amo.

—Y yo a ti, mi amor, como nunca antes. Pero no vuelvas a hacer este tipo de bromas, por favor.

Me miró. No resistí mirarlo sin besarlo, acercamos nuestros labios y una vez más, todo fue perfecto.

—Izhabelh.

—¿Sí? Dime.

—Desde hace mucho quiero decirte algo, aunque no sabía cómo —lo noté nervioso—. Pero creo que hoy es el momento adecuado. Te amo, y en esta tarde quiero decirte… que deseo pasar el resto de mis días contigo —sacó de la bolsa de su short un anillo, se arrodilló y lo sostuvo frente a mí—: ¿Quieres casarte conmigo?

Me llevé ambas manos a la boca. Estaba sorprendida. Emocionada. Durante mucho tiempo había estado esperando ese momento. Llegué a pensar que tal vez mi novio nunca iba a atreverse. Lo amaba profundamente y mi deseo era estar siempre con él.

—¡Sí! —dije con efusiva alegría—. ¡Claro que acepto!

La lluvia se ha intensificado. El agua corre a raudales por las bocacalles. Los automóviles van y vienen con el parabrisas inundado. Sigo caminando. Mis lágrimas se confunden con la lluvia que me moja por completo. No me importa. Siento que el mismo cielo, en su infinita misericordia, comprende mi dolor y llora conmigo. Estoy dolida. Acabada. Mis pocas ganas de vivir se esfuman y solo quiero llegar al puente que se divisa a lo lejos.

Llego a él y me decido. Me acerco al barandal y observo hacia abajo. El agua corre velozmente trayendo consigo basura, objetos y pedazos de troncos que recoge a su paso. "Mi vida ya no tiene sentido. Ya no tengo razón de existir", pienso mientras veo mi rostro reflejado en el río. No lo dudo más. Comienzo a subir por el barandal pasando mi pierna derecha por encima y enseguida la otra. Mis movimientos son torpes y lentos. Pero ya nada importa. La lluvia sigue cayendo de manera estrepitosa sobre mí; eso hace que los conductores no logren verme. Nadie parece percatarse de lo que estoy a punto de hacer.

Logro pasar del otro lado del barandal, sujetándome con mis dos brazos hacia atrás. Miro al cielo, y no sé por qué razón, pero pido perdón por lo que voy a hacer. Estoy decidida a tirarme del puente y terminar con mi vida.

De repente, el chirrido de una frenada abrupta me obliga a aferrarme fuertemente al barandal. Se trata de un auto negro con sus luces intermitentes encendidas. Veo bajar a un joven. Viste camisa y corbata. Camina hacia mí con paso firme, sin importarle la fuerte tormenta.

—¡Oye, detente! —extiende una mano—. ¡No lo hagas!

Vuelvo mi vista al río. Lo ignoro. Aflojo un poco la presión de mis manos.

—No sé qué problemas tengas, pero déjame ayudarte.

—¡Aléjate! ¡Nadie puede ayudarme! —puedo sentir su cercanía. Giro mi rostro. Está allí, justo a mis espaldas.

—Al menos déjame intentarlo —se arremanga la camisa y me extiende su mano.

Comienzan a rodearnos vehículos. Alguien llama a la policía. A lo lejos se escucha la sirena de la patrulla y la de los bomberos. Mientras tanto, el joven sigue tratando de convencerme de que desista.

—¡Vete! ¡Es demasiado tarde!

—¡Eres muy joven aún! ¡No vale la pena que termines con tu vida así! ¡Nunca es demasiado tarde! ¡No lo hagas! ¡Dame tu mano!

La ambulancia y los bomberos llegan y bordean el área. La luz intermitente de las sirenas mantiene a todos en suspenso. Yo sigo mirando al joven que insiste en ayudarme. Él no entiende nada, si supiera quién soy y lo que vivo me ayudaría dándome un empujón para terminar con todo.

—¡Que te vayas! ¡Déjame en paz! ¡Solo he sido un error en esta vida!

—¡No digas eso! ¡Tú no eres ningún error! Vales mucho. Dame la oportunidad de demostrarte que Dios te ama.

—¿Dios? —río en tono burlón—. Dios no existe. Si existiera no hubiera permitido este caos en mi vida.

—Cuando lo único que vemos es nuestro dolor lo perdemos de vista, pero Él siempre está dispuesto a ayudarnos.

—¡Cállate!

—Por favor —el joven sigue insistiendo—, dame tu mano. No es ninguna casualidad el que yo esté aquí. Si tengo que tirarme al río para ir detrás de ti, lo haré; pero por ningún motivo te dejaré sola mientras sepa que puedo hacer algo para salvarte.

El chico se acerca un poco más. Titubeo. No sé por qué, pero sus palabras me detienen. Quizá en el fondo de mi ser aún queda un resquicio de querer volver a empezar. Tal vez deseo encontrarle sentido a todo; o… simplemente tengo demasiado temor de tirarme… así que le tiendo mi mano.

Intento pasar del otro lado. Apoyo un pie en el barandal y resbalo. Todos se alarman. Hay gritos. En un reflejo impresionante, el joven logra tomarme de mis brazos con todas sus fuerzas mientras cuelgo del puente.

—¡Aaay!¡Ayúdame! No me dejes morir —no paro de gritar. Hace minutos ansiaba la muerte y ahora que la tengo en frente, quiero huir de ella.

—¡Te tengo! ¡No te voy a soltar! —mi peso hace que incline medio cuerpo hacia abajo, realizando un gran esfuerzo por sostenerme.

Sigo gritando. Veo hacia abajo y el pánico se apodera de mí. Puedo sentir en mi piel la ferocidad de la corriente del río arrastrándome entre las rocas, desgarrando mi piel. No quiero morir.

—¡No mires hacia abajo! ¡Mírame a mí! ¡Te voy a sacar de aquí!

Los rescatistas se acercan y se unen a la misión. Uno de ellos me toma del otro brazo y poco a poco van subiéndome hasta estar a salvo. En la calle el tráfico está detenido. La tormenta ahora es una débil garúa, lo que permite a los conductores descender de sus vehículos y mirar el espectáculo desde primera fila. Sí, eso soy ahora, un espectáculo.

Me suben a la camilla, de allí a la ambulancia rumbo al hospital más cercano. El ruido de sirenas, las voces de los paramédicos y la adrenalina bajando consumen mi energía. Me duermo.

No sé qué hora es, pero por los rayos de sol entrando en la habitación, debe de ser más del mediodía. Siento un hambre voraz, como si no hubiera comido por días. Veo la bandeja del almuerzo y me acomodo para disfrutarla. "Disfrutar un alimento de hospital", hasta yo me río de la idea, pero en verdad me sabe a gloria lo que estoy comiendo, es como si estuviera saboreando algo por primera vez. En ese momento golpean a la puerta y un joven se asoma. Es él, la persona que me ha salvado, sigue con la misma ropa de anoche, se ve arrugada, como si se hubiera secado puesta.

—Hola. Buenos días —sonríe al saludar y me extiende su mano.

—Hola, buenos días —contesto sin poder creer que él haya venido—. ¿Cómo es que estás aquí?

—Anoche me quedé preocupado. Por más que trataron de comunicarse con algún familiar tuyo, no encontraron a nadie. Le pregunté al doctor si podía quedarme en lo que trataban de localizar a tus familiares. Y pues aquí estoy. Me alegra que hayas despertado. ¿Cómo te sientes?

—Bien, gracias —me sorprendo por sus palabras—. Oye, ¿quieres decir que estás aquí desde anoche? ¿Aquí, en la habitación?

—Sí —aclara su garganta—. Solo salí por un café. Como te dije, me quedé preocupado por ti, y quise asegurarme de que estuvieras bien —su rostro delata una preocupación genuina—. Por cierto, ¿cómo te llamas?

—Izhabelh. ¿Y tú?

—Alkysirez.

—Alqui… ¿qué? —sonrío.

—Alkysirez —me devuelve la sonrisa.

—Tendrás que escribírmelo para poder aprender a pronunciarlo...
—un bostezo involuntario delata mi cansancio—. Perdón.

—¿Ya te aburrí y ni he comenzado a contarte mi vida? —se
pone de pie y entrecierra la persiana de la ventana—. No te preocupes. Descansa un poco más. Ha sido una noche muy intensa.

Cierro los ojos, pero no duermo. No tengo idea de por qué no se
va, pero me gusta que esté aquí. La habitación permanece en silencio, solo el pertinaz *bip* del electrocardiógrafo interrumpe la calma.
Mi cabeza es un torbellino de palabras, quiero hablar con él, contarle
todo y ver si, así, puedo entender por qué extendí mi mano anoche.
Pero temo hacerlo.

—No tengo sueño, solo… solo necesito acomodar mis ideas…
entender…

Al fin, él se atreve a preguntarme lo que tanto temo.

—Izhabelh —su voz es dulce, casi como un abrazo—, ¿qué te
pasó? Es decir, ¿qué fue lo que te orilló a querer tomar esa decisión?

—Es una larga historia.

—Y yo quiero escucharla —su semblante se torna un poco más
serio.

Guardo silencio unos minutos, y él lo respeta. Hablar de lo que
me llevó hasta este punto de mi vida no es fácil. Sin embargo, en el
fondo me siento agradecida con el muchacho que tengo sentado a mi
lado y lo menos que puedo hacer es contarle por qué estoy así.

—Hace un año me casé —empiezo—. Era diciembre de 2010.
Estaba feliz. Llena de ilusiones. Soñaba con formar una familia. Tener hijos y disfrutar una vida con ellos y mi esposo. Cuando a él le
ofrecieron un trabajo en este lugar, no dudé en seguirlo. Por eso no

pudieron localizar a ningún familiar cercano, no soy de aquí.

—Ahora entiendo.

—Al principio todo iba bien, pero era solo el principio. Traté varias veces de embarazarme, pero simplemente las cosas no se daban. Después de varios intentos y de ver que no podía, me hice varios estudios médicos…

El consultorio lucía limpio y ordenado. Esperaba sentada frente al escritorio, con los dedos de las manos entrecruzados. Estaba nerviosa. Sabía que algo podía salir mal. Llevaba demasiado tiempo junto a Ángel intentándolo y nada. No podía ser tan difícil quedar encinta. Nos amábamos, era verdad que ya no estaba la magia del principio, pero sabía que un bebé nos devolvería la alegría inicial, necesitábamos dar ese paso.

La secretaria me informó que era mi turno. Ingresé al consultorio, tomé asiento frente al escritorio del Dr. Álvarez, quien no perdió el tiempo. De inmediato, tomó en sus manos una hoja de resultados y sentenció:

—Lo siento mucho, señorita. Quisiera estar equivocado, pero no hay ninguna duda —quitó la mirada del papel y la fijó en mí—. Los resultados son irrefutables. Puede usted consultar otra opinión, si gusta, pero le aseguro que el diagnóstico será el mismo.

—¿Qué tengo, doctor? —hice fuerzas para no dejar salir ese llanto atravesado que cargaba impotencia, miedo y enojo.

—Encontramos una alteración en el tejido endometrial en sus ovarios, que impide que pueda ser fecundado un óvulo.

—¿Qué? ¿Eso qué significa?

—*Lo siento mucho, señorita. Las posibilidades de que usted se embarace son nulas. La endometriosis es una patología que no se puede curar de manera definitiva. No importa el tratamiento que tome, sus tejidos están demasiado dañados. No podrá tener hijos. Lo lamento mucho.*

Enmudecí. No podía creerlo. Todo mi mundo se vino abajo. Tomé el sobre con los resultados y salí del consultorio. No entendía nada. Desde la semana pasada había sentido dolores intensos en el abdomen y en la parte baja de la espalda. Pensaba que era producto del estrés por mi trabajo y las cosas con Ángel; por eso nunca le había dado importancia a los síntomas. Hasta ese día.

Ensimismada, crucé la calle sin poner atención al semáforo que estaba en luz verde. Los conductores frenaban en seco al ver que cruzaba sin la menor precaución. No me importaba. Era como si tuviera una especie de cortocircuito en mi cabeza. Pensaba en mi matrimonio, en Ángel. ¿Qué le diría? ¿Cómo lo tomaría? ¿Podríamos seguir?...

Llegué hasta el parque y me dejé caer en una de las bancas. Miré el vacío. Vi desintegrarse esos sueños de infancia, cuando abrazaba mis muñecas y practicaba en ellas los peinados que les haría a mis niñas...

Un balón rodó hasta mis pies. Lo tomé. Levanté la vista y encontré frente a mí a una pequeña como de cuatro años, con un vestido en tonos de rosa, de ojos redondos, tez clara y peinada con trenzas a los lados. Con la voz más tierna y dulce que podría existir me dijo:

—*¿Me das mi pelotita, por favor?*

Se la entregué y la vi correr hacia sus padres, que de lejos observaban la escena. Y me derrumbé. ¡Jamás viviría eso! ¡Jamás!...

Regresé a casa. Ya podía controlar mis lágrimas. Preparé la cena y esperé impaciente a que Ángel abriera la puerta.

—¿Qué pasó ahora? ¿Olvidé alguna fecha importante? —dijo Ángel al ver mi rostro y la mesa puesta.

—No es eso, amor. Tengo algo que decirte —saqué de mi cartera el sobre con los resultados.

—Estoy muy cansado; por favor… ¿Qué pasa ahora?

—Fui a recoger los resultados del ginecoobstetra. No salieron bien —mi voz se quebró. No dejaba de resonar la sentencia del doctor: "No podrá…"—. Lo siento, mi amor, no podemos embarazarnos.

—¿De qué estás hablando? Seguro hay un tratamiento. Yo estoy sano —se acercó, tomó el sobre de mis manos bruscamente—. Lo único que falta. Como si hubiera ciencia en embarazarse.

—No, amor… —me costaba hablar, el llanto interrumpía mis palabras—. No hay error. Tengo un problema en la matriz y el doctor dijo que nunca… nunca voy a poder…

—¡Es el colmo! —al mirarme sentí su impotencia como espada atravesándome—… Ni siquiera para eso…

—¡¿Qué quieres decir?!

—Nada. Necesito aire.

Tomó su chamarra, abrió la puerta y me dejó sola con mi dolor.

Me quedo callada. Los recuerdos de aquella noche me duelen intensamente.

Alkysirez queda impactado por la confesión que acabo de hacerle, puedo verlo en su rostro. Pero ya comencé y no puedo detenerme. A pesar de lo doloroso que es para mí hablar.

—Pensé que mi esposo iba a apoyarme y juntos buscaríamos alguna solución. Pero no fue así —se me hace un nudo en la garganta—. Se pasaba meses encerrado en el trabajo sin tener la mínima intención de llegar a casa. Y cuando lo hacía, en lugar de comprenderme, se desesperaba y se molestaba al verme en ese estado —una lágrima empieza a rodar por mi mejilla—. La situación empeoró cada vez más hasta que se cansó. Y el Ángel que conocía y amaba desapareció. En casa era un fantasma y afuera encontró la oportunidad de serme infiel. Y no lo dudó. Lo hizo cuantas veces quiso y pudo…

Él tiene la mirada fija en mí. En su rostro no hay pena ni lástima. Es distinto. Parece admiración. Sí, eso. Me mira como si me admirara y eso me da valor para continuar.

—Hace dos meses se fue. Y sé que era lo mejor. Pero yo no estaba lista para la soledad y me echaba la culpa. Fui encerrándome día a día. Deje de ver a mis amigos, de hablar con mi familia. Me enfrasqué en el trabajo y al llegar a casa… y verla tan vacía, tan sin él y todo lo que significaba el sueño de "formar una familia", me hundí. Ayer tuve una crisis. Comencé a destruir todo y a renegar de mi vida. Me sentía culpable por todo lo que estaba pasándome. Por mi matrimonio fallido, por mi vacío como mujer y por ser un fracaso como persona. Por eso quise terminar con todo de una vez. Pero… ahí estabas…

—Sí. Ahí estaba… —se acerca a mí y me entrega una servilleta. Toma mi mano y la aprieta fuerte y suave a la vez. Limpio mis lágrimas mientras él arrima su silla cerca de mi cama—. Izhabelh, de verdad lamento todo lo que te ha pasado. Agradezco mucho tu confianza, y si me lo permites, déjame decirte algo —se queda callado, escoge las palabras adecuadas—. Quiero que sepas que nada de lo que te ha pasado es por tu culpa. No es tu culpa si tu esposo te engañó y arruinó su matrimonio, no es tu culpa si la naturaleza no te permite ser creadora de vida, pero sí es tu responsabilidad enfrentar ese dolor y sobreponerte a él para encontrar la felicidad nuevamente. Culpa y responsabilidad no van de la mano. Cuando es la culpa de alguien queremos que sufra, que sea castigado, que pague, que sea su responsabilidad arreglarlo. Pero no es así como funciona. Tu corazón, tu vida y tu felicidad son tu responsabilidad. Sólo tuya. No depende de nadie más...

Asiento. Sé que tiene razón. En ese momento en que colgaba del puente supe que mi vida tenía sentido y por eso no me solté. Platicamos largamente. Llega la noche, y él se marcha, lleva dos días con la misma ropa. Promete volver. Y me quedo por primera vez, desde el día del puente, en soledad.

Después de quince días de terapia, al fin obtengo el alta. Llego a casa y todo es un caos. Momentos de aquella noche quieren decir "presente" y llevarme nuevamente a la tristeza, pero no los dejo. Tomo una funda grande y comienzo a recoger los restos de cerámicas, vidrios y papeles. En ese momento llega Alkisirez. Me causa risa verlo: guantes de látex, tapabocas y casco de obrero.

—Venimos a levantar una demolición, ¿no? —sonríe y toma una memoria USB de su bolsillo—. Pues como buen obrero, ¡vine preparado! —se acerca al equipo de música, conecta la memoria y comienza a sonar una canción de Joan Manuel Serrat que dice algo como "Hoy puede ser un gran día, plantéatelo así". Y a su ritmo, trabajamos en la limpieza.

Terminamos de recoger. Nos sentamos en el sofá compartiendo un café humeante.

—Es raro levantar los trozos de lo que fue tu vida —lo miro esperando una palabra de esas que siempre dice y que tanto bien me hacen, pero no dice nada—. Hey… ¿Te pasa algo?

—No. Solo me quedé pensando. No siento que sea tan raro. Si te fijas, nuestra historia se forma de fragmentos: algunos horribles, como ese instante en que creí que no podría sostenerte en aquel puente… otros, únicos, como el momento en que me tendiste la mano esa noche… y los más simples, como este café compartido o esa canción de Serrat —apoya la taza en la mesa y toma mi mano—. Esos fragmentos existen en toda vida, el secreto está en que, al acomodarlos, no olvides poner de relieve aquellos que dan sentido a todo.

—Gracias, Alkysirez.

—Lo pronunciaste bien.

—Tú me enseñaste.

Reímos.

—De nada, Izhabelh… Te prometí que pondríamos en orden tu casa.

—No es solo por eso —bajo la mirada—; es por todo lo que has hecho por mí.

—Izha, tú vales mucho. Más de lo que puedas imaginarte. Creo firmemente en que estás destinada a hacer grandes cosas en tu vida. Esa noche lo hiciste. Yo no me detuve por ti. Me detuve por mí. Tu lugar en ese puente era el que yo iba a ocupar…

—Pero…

—Pero Dios te puso en mi camino y fuiste el "fragmento" que le dio sentido a todo.

Nos abrazamos y por primera vez, en mucho tiempo, me siento completa.

Antes de dormir paso por la cocina a buscar un vaso de agua. No dejo de pensar en Alkysirez, en su confesión. No conozco su historia, no sé por qué estaba allí esa noche, pero ya no importa. Estuvo ahí y yo también. Me acuesto. No logro dormir. Algo dentro de mí me empuja a hablar. Es una necesidad incontrolable. Me dejo llevar:

—Dios…, no sé cómo dirigirme a ti —mi voz tiembla—… No sé cómo hablarte. Durante mucho tiempo te ignoré. Te hice a un lado. Pense que no necesitaba de ti porque creía estar bien. No sabía que mi vida de dicha y felicidad era por gracia tuya. Ahora lo sé. Siempre estuviste a mi lado, en silencio, observando y esperándome mientras yo te ignoraba —se me hace un nudo en la garganta—. Nunca fui indiferente a tus ojos. Sufriste conmigo cada uno de los momentos amargos. Me ofreciste una mano cuando quise renunciar a seguir —una lágrima cae de mis ojos—… Me amabas a pesar de todo y sigues haciéndolo. Perdóname, Dios mío. Perdóname por haberte ignorado tanto tiempo —ya no hago por reprimir mis lágrimas—. Perdóname por haber renegado de ti… Tú que eres el Todopoderoso, el que está en todos lados, el que tiene control de todo, abrázame. No me sueltes porque aún tengo miedo. Dame la paz y la tranquilidad de saber que todo va estar bien. Ayúdame a que los fragmentos oscuros de la vida —recuerdo las palabras de Alkysirez— no me cieguen ante tus regalos diarios. Cuida de él… —siento su abrazo, cierro los ojos y me dejo abrazar.

***

Es la hora. Dos años después de aquella terrible noche, al fin llega el día que deseo. Es raro ver a Ángel sentado junto a mí una vez más. Ya todo está acordado. El juez nos da los papeles. Firmamos. No nos miramos. Y listo. Ya no somos matrimonio.

Camino por el pasillo del juzgado a paso acelerado, pero algo me obliga a detenerme. No puedo dejar esto así. Giro, vuelvo sobre mis pasos y ahí está él.

—Ángel, ¿me das un minuto?

Se sorprende por mi petición. Se despide de su abogado y se vuelve a mí.

—¿Qué pasó? ¿Algo está mal en los papeles? —suena distante, pero en paz.

—No. No es eso. Solo necesito decirte algo: gracias por los buenos momentos y perdón por los grises. No te guardo rencor.

—Me hace bien escucharlo…

—Me hace bien decirlo…

Regreso a casa, doy *play* al estéreo y comienza Serrat con su canción que ya es himno para mis días: "Hoy puede ser un gran día, plantéatelo así"…

Tomo mi celular y marco un número. Alguien contesta al otro lado. Es Alkysirez. Es su voz. Y en mi interior nace una gran certeza: ya no puedo ni quiero estar lejos de él.

Manuel Alquisirez. Nací el 20 de diciembre de 1981 en San Pedro Huilotepec, Oaxaca. Me licencié en Administración de Empresas por la Universidad Autónoma Benito Juárez. Soy observador y comprometido con las cosas que más me apasionan. A raíz de un accidente que sufrí en mi adolescencia encontré mi verdadera pasión: el mundo de las letras.

Legado de amistad

Adriana Bartels

La muerte, dueña coronada de Oriente, cubre todo el mercado de la casi destruida ciudad de Rafah. El humo colapsa los pulmones de los sobrevivientes que están regados entre los escombros. Algunos tratan de ponerse de pie. Lo logran. Dan unos pasos, pero la sangre derramada dificulta el andar. Todo grito de ayuda enmudece por los sollozos de la franja de Gaza, cuya alma se resquebraja por cada cuerpo sin vida. El coche-bomba que descansa en la esquina, luego de cumplir su función, es una llamarada viva, tenebrosa. Nadie se preocupa por el conductor, inmolado en el abrazo de sus ideales.

Una vez más, el odio ofrenda hombres, mujeres y niños; el azar jamás favorece a Gaza. La desesperación provoca estampidas, cualquier intento de salvarse vale más que respetar los cadáveres calcinados entre las ruinas. La vida es ahora un lujo y el ansia de sobrevivir acepta cualquier precio.

Zahir grita con ira y sin éxito entre la tormenta de polvo provocada por la onda expansiva de la explosión. No pierde la fe de ser encontrado por la Media Luna Roja, se niega a creer que no llegarán. Le importan poco sus heridas; entre sus brazos otra vida pende de un hilo. Intenta atrapar su mirada. Le habla sin pausa, en español, su idioma favorito desde niños, para mantenerlo consciente el tiempo necesario.

—*Sadiq*... sirena... —su voz se siente serena. Con su mano libre y quemada señala una dirección al vacío.

Omer tiene razón, ¡son bocinas de ambulancia! El potente sonido aumenta. Con mucho esfuerzo, Zahir se despoja de su camisa, improvisa un cojín y lo coloca bajo la cabeza de su amigo para hacer presión en la herida.

El ardor en sus lesiones se intensifica debido al aire salino y arenoso. Divisa las caravanas blancas a la distancia. Se pone de pie. Levanta sus brazos, hace señas, pide ayuda en todos los idiomas que conoce.

—¡No puedo rendirme! —dice para sí, al tiempo que sigue agitando los brazos, mientras las lágrimas dibujan surcos en sus mejillas a causa del dolor—. Omer no resistirá mucho más.

En ese momento, el penúltimo vehículo de la caravana de ayuda se detiene.

—Sí... Gracias, Dios mío —es el primer atisbo de alivio que manifiesta su alma.

Sacan una camilla. Una paramédico de ojos azules lo sienta sobre un trozo de pared, saca su estetoscopio y toma los signos vitales del herido. La chica lo interroga con la mirada a la vez que señala su boca, seña que Zahir capta de inmediato.

—Español.

—¿*Espanyol?* —le responde y asiente, mientras revisa la herida superior, y comprueba que necesita puntadas—. El atentado fue causado por un fanático —continúa diciendo al tiempo que lo ayuda a levantarse—. Ambos vendrán, tu amigo está muy grave.

Caminan junto a la camilla, no tardan en acomodarse en el

interior del vehículo. Zahir nota el escudo del hospital Rafah Memorial junto al retrovisor. Las paramédicos hacen lo imposible para detener la hemorragia de Omer. La herida en su cabeza es muy profunda y el pulso, cada vez más débil. Le piden que hable con él. Se aproxima a la parte superior de la camilla, y aunque ver la escena de su mejor amigo lleno de vías y vendajes destroza su corazón, hace el intento de hablar, sin saber qué decirle.

—*Sadiq*…vas a estar bien —un nudo atraviesa su garganta. Trata de no llorar, debe ser valiente.

—… Ambos sabemos el resultado, *sadiq* —en su rostro nace la sonrisa más pura, su corazón está calmo—, solo te pido que no vayas por la venganza, no es propio del Dios de Ibrahim ni de tu corazón —de su bolsillo saca un papel semiquemado y lo pone en su mano—. Es mi regalo para ti… Feliz cumpleaños, Chico Maravilla.

Apenas puede reaccionar. Guarda el papel e intenta parecer positivo. Omer comienza a toser sangre, su cuerpo se encoje, en su rostro todo es dolor.

—¡Eres mi mejor amigo! —su voz se entrecorta—. No puedes rendirte, tenemos que ver el mundo —sujeta su mano con más fuerza—. Por favor, no cedas a esta guerra que no es nuestra. Mañana será otro día.

—Mira el mar por mí… Nunca olvides de dónde vinimos… ni tu promesa —el sensor del pulso disminuye su ritmo. Omer alza su mano y sostiene el dije de nácar en su cuello—. Vas a estar bien. Lo sé.

—*Sadiq*… —enmudece. Una línea recta, continua, monótona se dibuja en el monitor. La mano de su mejor amigo suelta el dije y se deja caer por última vez.

Un par de horas después, ese mismo día.

El duelo inunda el alma de Zahir; aunque por fuera se muestra impasible, siente cómo una parte de sí se quiebra, se desarma, duerme junto a Omer. Mira por el ventanal del apartamento donde vive. Repite una y otra vez las escenas de estas últimas horas. ¡Tantos sueños! ¡Tantos planes! Todos desaparecen ahora que la voz de su mejor amigo deja de ser.

Un portazo lo vuelve a la realidad. Es su madre, Amira. Su rostro está desencajado. Intenta darle un abrazo, pero al notar sus heridas se detiene.

—Por poco y te pierdo, *abnay* —toma su rostro entre sus manos—. Cuando recibí tu mensaje de texto solté todo. Suspendí las lecciones. No sabía hacia dónde correr. Solo escribiste "Coche-bomba" y temí lo peor… —fija su mirada en él, su expresión no pasa desapercibida—. ¿Deseas conversar sobre lo ocurrido? ¿Dónde está Omer?

—No, mamá; te lo agradezco, pero estoy bien —no le agrada mentirle, pero prefiere evadir el tema—. Omer… murió…

—¿Cómo dices?

—Estábamos justo al lado del auto estacionado —siente el veneno con cada palabra—, cuando me di cuenta, todo era caos, escombros y Omer lleno de heridas —trata de levantarse para ir a la mesa del comedor y evitar quebrarse. Dice *Omer* y los recuerdos llegan, las incontables travesuras en todo Rafah. Ninguno conocía el mar, por lo que prometieron algún día llegar hasta las costas de la franja. Zahir ladea su cabeza para no pensar en él. Vuelve la vista a su madre—. Te veo preocupada. ¿Qué pasa?

Parece sorprendida por su pregunta y por la percepción casi serpentina de su hijo.

—Casi pierdo a mi único hijo. ¡¿Cómo no estarlo?! —respira para modular un poco su voz—. La violencia que sufrimos aquí es devastadora. Estoy preocupada por nosotros —su mirada se ensombrece. Se escuchan balas a la distancia. Por primera vez se nota miedo en ella—. Aquí nadie está a salvo... Somos cristianos, pero, aun así, no tengo certeza de nuestra seguridad —toma sus manos—. Casi no tenemos parientes con quiénes buscar resguardo. Solo somos tú y yo, *abnay*. Como tu mamá debo velar por ti, no te voy a mentir. ¡Temo que caigas en esta guerra también!

—Sé que siempre estás velando por mí —piensa con cuidado cada palabra que dirá—, pero créeme cuando te digo que jamás pondré mis manos en una pistola o una bomba —su voz es firme, sin titubeos—. ¡No soy como ellos! Tengo una promesa que cumplir y no descansaré hasta lograrlo.

—Lo sé. No olvido que, para ti, desde muy chiquito, hemos sido cinco los miembros de tu familia, aunque estén lejos de aquí —saca una foto de su cartera y se la da—. ¿Es por la promesa que hicieron Giovanni, Carolina y tú? Hijo, fue hace mucho tiempo. Eran unos niños... Mejor, hagamos una oración por Omer y vayamos a dormir. Ha sido un día oscuro para todos —el nudo en su garganta le impide llorar. En su interior sabe que ya no verá al joven palestino riendo en el departamento.

El sol está en su plenitud. El pequeño Zahir y sus padres caminan por los senderos de Rafah. Es domingo, y como cada semana, visitan el parque. Corre de banco en banco. Su padre ríe y su madre, como siempre, le grita que tenga cuidado. La risa de dos niños lo distrae. Están atentos a él.

—¡Así se hace, Chico Maravilla! —le vocea sonriente un chico de cabello color chocolate, mientras una pequeña niña de cabellera dorada lo señala.

Emocionado, se acerca al arenero donde juegan y se presenta.

—Soy Zahir Murahnad. El rey de los saltos de banco.

—Un placer, Zahir. Soy Giovanni Moraga y ella mi prima Carolina.

—¿Qué hacen en Rafah? —supo por su acento tan curioso que no son de Rafah—. ¿De dónde son? —se sienta a su lado y los ayuda con su castillo.

—La mami de Lina vende viajes y nos trajo acá de vacaciones, somos de Costa Rica —señala una banca donde conversan dos mujeres y dos hombres que al parecer son sus padres—. ¿Vos sos de acá?

—¡Sí! Mami es maestra y enseña varios idiomas, cuando crezca pediré postre en mil maneras diferentes ¡y me los comeré todos! —ríen por su expresión.

Los tres se unen en un juego de brincos y arena sin pausa. Llega la noche; agotados de tanto correr descansan y se sientan. Giovanni le cuenta de Costa Rica, un país donde puedes ver el mar con solo viajar un par de horas en el autobús. Zahir lo imagina como un mundo inusual, único, soñado.

—Giovanni, Carolina, ¡nos vamos! —la voz de sus padres los interrumpe.

—¿Volverán mañana? —la tristeza se dibuja en su rostro.

—No sabemos —dice Carolina, mientras retira los rizos dorados de su cuello para quitar un precioso collar de nácar y dárselo—.

Prometamos vernos de nuevo para llevarte al mar que tanto quieres ver. ¡Tenemos mucho en casa!

—*Prometido.*

El pacto más puro e inocente de amistad queda sellado con un abrazo ese día en Rafah.

Mira el techo de su cuarto. No puede dormir. El corazón de la ciudad se llena de tensión y preocupación. Zahir puede sentirlo en el aire. Comienza a pensar en Omer, en el mar, en Giovanni y Carolina…, en esa promesa de infancia que permanece intacta y viva en el collar que lleva puesto cada día. ¿Por qué no? ¿Por qué no puede hacerse realidad esa promesa y al fin salir de aquí?

¿Cómo es Costa Rica? ¿Qué es de la vida de Giovanni y su prima? ¿Viven bien? ¿Tienen guerras, como ellos? ¿Su ejército es grande? Cientos de incógnitas se dan cita en su pensamiento. Y una, la más temida, ¿aún lo recuerdan? ¿Recuerdan la promesa de los tres?

No aguanta más. Va a su escritorio, enciende la computadora y teclea en Google: "Costa Rica". Lo que ve lo sorprende. Le cuesta creer que exista un país sin ejército. Un lugar lleno de bosques, junglas, montañas… y mar.

Algún día veré ese paraíso… —vuelve esa frase una letanía. La repite una y otra vez, hasta quedarse dormido.

Polvo. Gritos. Derrumbe. No sabe dónde está. Solo recuerda un estallido horrible y ahora todo es gris. Su madre. ¿Dónde está su madre? Intenta pasar entre los escombros. No reconoce su hogar.

En algún rincón suena *Revolution* de *The Beatles*, la canción que su madre escucha todas las tardes de domingo. ¿Cuántas horas ha dormido?

—¡Mamá! —el polvo le hace imposible ver. Sigue la música. Sabe que ella nunca se aleja del equipo cuando suena esa melodía—. No te veo, ¿dónde est...? —un escalofrío recorre su espalda. Siente el piso resquebrajarse. Pedazos de techo siguen cayendo—. ¡Mamá!... ¡¿Dónde estás?! Di algo. Golpea algo —empieza a faltarle el aire. Cubre su rostro con la camisa. Es en vano. No puede respirar. Siente que se ahoga—. ¡Mamá! ¡Mamá! Ma... —el grito se pierde. Oscuridad.

—*Prometamos vernos de nuevo para llevarte al mar que tanto quieres ver. ¡Tenemos mucho en casa!*

—*Prometido.*

—¡Zahir!... ¡Por amor de Dios, despierta!

Se levanta bruscamente, confundido.

—¡Cuidado, Zahir! —su madre le toma del brazo y jala hacia ella. Un pedazo del techo cae.

Se escucha otro estallido, menos intenso que el anterior, pero parece cercano. El miedo amenaza con paralizarlos. No pueden perder tiempo. Se pone de pie, agarra la mano de su madre e intentan subir entre los huecos de luz. El departamento está en un segundo piso. Les quedan seis más para llegar a la superficie. Parece imposible, pero rendirse no es opción. Es difícil respirar. Apenas algunos vestigios de aire se cuelan entre las ruinas. Cada nuevo crujido les obliga a detenerse. Todo puede caer y aplastarlos.

Apenas llegan al piso tres, un nuevo estruendo hace tambalear todo alrededor. Algo se quiebra. Miran en torno a ellos. Todo va a caer. Toma la mano de su madre, se miran, cierran los ojos, seguros de que es el fin. Oscuridad.

—*Mira el mar por mí… Nunca olvides de dónde vinimos… ni tu promesa… Vas a estar bien. Lo sé.*

—Estamos atrapados, *abnay* —apenas puede ver, pero nota el brillo de las lágrimas en el rostro de su madre al decirle eso—. ¡Tenemos que hacer algo! ¡Hay cinco pisos encima de nosotros! ¿Lo entiendes, Zah…?

La mira absorto, nunca ha estado tan feliz de escuchar la aguda voz de su madre. Por fortuna no tienen más que raspones y golpes. Con los celulares como lámparas, iluminan el refugio. Es pequeño. Lo sostiene una viga. Intentan buscar algún pasadizo, hueco, escape. Nada. Ni un rayo de luz que indique cómo salir de ahí.

Zahir se preocupa, no hay salida. Respira hondo. Necesita ser fuerte, no quiere que su madre note su desesperación. Pero es su madre, lo conoce.

—¿Pasa algo?

El silencio les gana. La tensión impera, atentos a cada nuevo rugido de los cinco pisos que los tienen sepultados. Saben que deben cuidar el oxígeno. Pero tiene miedo. Puede escuchar el ritmo de respiración de su madre cada vez más lento y relajado. Ninguno puede dormir. No deben dormir…

—Recordé a Giovanni y Carolina —trata de encontrar una salida con la mirada, el crujir de los escombros es cada vez peor—. Recordé el día en que los conocí… Jamás volvieron.

—*Abnay…,* no podían volver y lo sabes.

—De ellos solo recuerdo sus nombres y el de su país —junto con el collar, es lo único que posee de ellos—. Fui todos los días, pero no los vi más —suspira al recordar la espera—. Aun así, madre, esa promesa me motivó a creer que, si no he perdido mi esperanza, es porque Dios tiene un plan —sus labios tiemblan—; es por eso que jamás he creído en la guerra ni cedido a ella. No podría verlos de frente sabiendo que hice algún mal. Ellos eran de otro país y me aceptaron —su semblante cambia al recordar los cinco pisos a punto de aplastarlos—. Por eso creo con firmeza que los veré otra vez. Sé que así será.

Sin que lo sepa, Zahir deposita una profunda paz momentánea en el corazón de su madre, a pesar de la muerte que los ronda. Pequeños rastros de polvo caen desde el tope de la viga.

—*Abnay...* —su voz se apaga poco a poco. Lo siente—, yo también tengo una esperanza.

—¿En qué crees, madre? —apenas puede hablar. El polvo es cada vez más denso. Trata de ignorar la sensación de que pueden ser sus últimos segundos.

—A pesar de mi temor... —sostiene el relicario que cuelga en su cuello por unos minutos, ese que su padre le obsequió días antes de morir: "Para que no olvide que volverán a verse"—, sé que un día tendremos paz, ya que esa fue la promesa de Dios a los hijos de Ibrahim y créeme, *abnay,* que aun en la peor de las tormentas, aunque podamos llegar a morir, su amor nunca nos abandona.

—Siempre me pregunté por qué me dices *abnay...*

—Fue lo primero que dijo tu padre al verte —aun en la oscuridad nota la curva de su sonrisa—: significa "hijo mío".

—Vendrán por nosotros, madre —no puede verla flaquear. No

a ella—, solo espero que un milagro suceda. Cual plegaria, del bolsillo de Zahir cae un papel arrugado, el regalo de Omer. *Vas a estar bien. Lo sé.*

Leyendo su contenido, las lágrimas adornan su rostro:

Plan B para mi sadiq Zahir: www.familiamundial.org

Vas a estar bien. Lo sé.

El brillo del celular comienza a apagarse.

—¿Te das cuenta, mamá, de que vamos a vivir?

—Zahir, mi buen *abnay*, ni siquiera sabemos si saldremos de aquí —la resignación inunda su voz—. ¿Estás dispuesto a poner nuestras vidas en otras manos? ¿En una página de internet?

Como puede, le muestra el collar intacto de nácar.

—Omer sabía que podíamos morir —los gritos del exterior cortan sus palabras—, le estoy confiando nuestro futuro al Dios de Ibrahim, que nunca nos ha dejado solos —mira la solicitud, su última esperanza sin forma—. ¡Ya perdí a mi mejor amigo y mi hogar! Con este registro, tendremos, aunque sea, una oportunidad —con un gesto afirmativo de su madre, da *clic* en "enviar".

Con el veinte por ciento de luz que les queda, Amira pregunta sin temor:

—*Abnay*, ¿de dónde sale esa fortaleza descomunal?

—¿Recuerdas cuando papá murió y la mayoría de los vecinos te dijeron que debías dejar el cristianismo y volver a casarte en otra fe? —trata de acomodarse mientras su madre asiente—. Recuerdo que te veía desde mi cuarto mientras mirabas el relicario, eso me

hizo ver que Dios no te dejaba sola porque no negabas quién eres…
Vi que la soledad no te dolía… —el llanto inunda su garganta.

—¡Zahir!

—Lo siento, es que… ¡Sigo sin entender por qué Omer y papá
están muertos! —golpea la viga una y otra vez mientras se rinde a su
humanidad—. Eran mi familia, en eso no he logrado ser como tú, me
duele aceptar que parte de mí ya no está…

—Omer nunca morirá —guarda con cariño el papel—. Eran
distintos, pero siempre quiso lo mejor para ti, aunque significara no
volver a verte. Hijo, la amistad puede más que la muerte, porque es
un lazo que nunca se rompe. Siempre será parte de ti.

La luz del sol inunda cada rincón de ese espacio. La Media Luna
Roja da con su paradero.

Mientras descansan camino al hospital, el celular de Zahir vibra.

Estimados Zahir y Amira Murahnad:

*Nos complace informar que fueron escogidos por una familia de
América Latina para ser sus anfitriones de paz. Adjuntamos los da-
tos y bandera del país anfitrión. La Media Luna Roja Internacional
los acompañará.*

Familia Mundial

—Zahir…, creo que iremos a Costa Rica.

—¿Cómo? Déjame ver —toma el celular y nota esa bandera
inolvidable para él: azul, blanco y rojo—, no puede ser … —ve la

foto adjunta de la familia anfitriona y con efímera decepción descubre que no es lo que esperaba. Creyó por un momento que eran Giova y Caro.

—Los encontrarás, *abnay*, estás cerca —por primera vez en mucho tiempo, su madre sonríe, sabe lo que significa para su hijo y lo apoyará en la nueva vida que los espera.

Tres días después, en el aeropuerto de Khan Yunis

Después de abordar su vuelo gracias a la fundación, Palestina queda atrás. A pesar de eso, Zahir se promete regresar.

"Aprenderé de la paz en el país más feliz del mundo", piensa.

El avión aterriza en la pista del aeropuerto Juan Santamaría. Ambos sienten el cambio de ambiente. El olor a pólvora no existe. Las sinfonías de pájaros es lo más bello que han escuchado. En la salida notan un cartel que dice "Familia Murahnad", sostenido por un trío sonriente de jóvenes.

—Buenos días, mi nombre es Zahir —baja su maleta y le da la mano a la chica de en medio.

—Lo sabemos, Chico Maravilla —el desconcierto decora el momento, la chica se acerca y pasea su dedo por el collar de nácar—. ¡Bienvenidos!

Frente a ellos, los miran una chica alta de cabello castaño y un chico aún más alto de cabello rojizo. —No sé si nos recuerdas Zah… —un abrazo bañado en lágrimas cubre sus sonrisas.

—¡Caro… Giova! ¡No me olvidaron! —ambas familias se conmueven—, pero ¿cómo fue posible?

—Desde esas vacaciones, Carolina y yo pedíamos volver cada año, pero nos explicaron la situación de tu país —toma la maleta de Amira mientras alistan los autos—, y de hecho fue Caro quien reconoció tu collar mientras navegaba por la web de la fundación.

—Ver mi collar me hizo llorar porque nunca nos olvidaste —dice mientras cubre con su abrigo a Amira—. Estoy tan contenta. ¡Vivirás con nosotros! Pero, ¿cómo encontraste tú la fundación?

Vas a estar bien. Lo sé.

—… Digamos que un ángel me cuida siempre —Zahir acaricia el papel en su bolsillo, mientras tiene la sensación de que una mano se posa sobre su hombro. Sonriente, la brisa provoca que en su corazón vibre el recuerdo de su promesa hecha a ese ángel.

Mira el mar por mí…

Adriana Bartels. Nací en el Carmen, San José, Costa Rica, en 1991. He realizado estudios de Filosofía Pura en la Universidad Nacional de Costa Rica, Diseño del Espacio Interno en la Universidad Latina de Costa Rica, Desarrollo de *Software* en la Universidad Cenfotec y UNED, así como Danza Oriental bajo la tutela de Gwen Alfaro, Ricardo Mejía y Ana Brenes. Actualmente escribo poesía, cuento y ensayo. Trabajo en control de calidad de *software* en IBM.

Adentrarse en Azul

Pau Treviño

Llamaron a la puerta de la última posada, temerosos de que les echaran de nuevo. Denia tenía un aspecto tan demacrado que cualquiera habría adivinado el poco tiempo que le quedaba.

—¿Qué desean? —gruñó el posadero, un hombre gordo y desagradable que intentó cerrarles la puerta en cuanto advirtió el estado de la niña, pero Liam metió el pie e hizo fuerza con ambas manos para detenerle.

—¡Por favor, estamos agotados!

—¡Llévatela de aquí! —escupió las palabras, mirando a Denia con desprecio—. ¡Espantará a los clientes! —Liam retrocedió enfadado.

"¿Qué haremos ahora?", pensaba. Se habían quedado sin opciones.

Recorrieron la calle con la mirada, descubriendo en uno de los portillos a una joven que les indicaba con señas que se aproximaran.

—Puedo ofrecerles espacio, si prometen salir por la cocina cuando nadie los vea —señaló el callejón que daba a la puerta de servicio—. Me echarán si los encuentran. Más vale tener cuidado, deben quedarse donde les indique.

—No hay problema —asintió Liam con gratitud, siguiéndola a una alcoba ocupada por un camastro en el que ayudó a Denia a recostarse—. ¿Puedo hablarte un momento? —la criada asintió y lo invitó a regresar a la cocina.

—¿Podrías ofrecernos comida? —titubeó, llevándose una mano a la alforja.

—No hace falta que pagues, entiendo la situación.

Se dirigió a la estufa para calentar los restos de la cena. Liam ocupó uno de los taburetes disponibles, apoyando ambos codos en la desgastada mesa.

—Me llamo Liam.

—Yo soy Mirta —respondió, poniéndole delante un humeante plato de sobras.

—¿Sabes si la Hondonada Azul se encuentra muy lejos de aquí?

Mirta se quedó helada ante la pregunta. Su rostro transmitía un pánico absoluto.

—No seas ingenuo, ¿por qué te acercarías al Valle? —sus pequeños labios casi desaparecieron en aquella mueca de reproche.

Liam se encogió de hombros, no era la primera en tacharle de loco. Sin embargo, decidió que podía fiarse de ella; después de todo, estaba arriesgándose al hospedarlos.

—Somos de Concordia —comenzó, decidido—, esta es nuestra tercera semana de viaje…

Aquella noche atravesé la plaza principal de mi pueblo, perdiéndome entre los angostos caminos aluzados por las farolas distantes.

Sabía que algo le ocurría, no podía haber desaparecido así porque sí. Nos veíamos a diario. Su ausencia debía tener un motivo, y algo me decía que este no era nada bueno.

El sonido de mis pasos en las calles adoquinadas interrumpía el silencio que reinaba en el ambiente. Lo había planeado así. A esa hora todos estarían dormidos y sería más fácil trepar por la cañería del desagüe que bajaba por una de las paredes carcomidas de la casa de Denia.

Una vez arriba, me sujeté del alféizar y entré.

—¿Estás despierta, Denia? —la oscuridad no permitía distinguir los detalles, pero percibí su silueta al inclinarse sobre la mesita de noche.

Ella encendió una vela y pude ver su rostro.

—Sabía que regresarías, les pedí que te dejaran entrar, que te explicaran lo que está pasando, pero mis padres están tan asustados que no dejan a nadie acercarse.

—¿Estás enferma?, ¿es algo grave?

—Durante el viaje encontré una cuenca tapizada de flores como esta —abrió el cajón de la mesita, extrayendo una flor azul parecida al lirio de los valles—, era un sitio tan hermoso… No pensé que entrar en él pudiera ser malo…

—No comprendo…

—Mis papás habían instalado el negocio en el mercado, y me dejaron ir a dar un recorrido. Nada me llamó la atención, así que me alejé un poco para conocer los alrededores, así fue como llegué al Valle. Me adentré en él, y descubrí una hondonada repleta de estas flores — en su rostro pude ver como si quisiera borrar todo ello—. ¡Eran tan

lindas! Regresé con los brazos llenos de ellas. En el mercado me di cuenta de que algo no estaba bien. La gente me señalaba, se alejaba como si intentara hacerles daño… Yo misma me sentía diferente…

La mirada de Denia se nubló. Una lágrima comenzó a rodar por su mejilla. Tomé sus manos para darle ánimo. Respiró hondo y continuó:

—*Mis padres intentaban atraer clientela al puesto, pero cuando alguien se acercaba y me veía, salía aterrado. Uno de ellos se atrevió a hablarme: "Con esas flores no se juega"… Ese día no vendimos nada, así que cerramos y regresamos a casa.*

Mirta se apresuró a servir un segundo plato de sobras, sin apartar un instante la mirada de Liam. Quería conocer toda la historia.

—Esa noche debíamos vernos, pero Denia no llegó. Ni al día siguiente, ni los que pasaron luego. Por eso fui a buscarla.

—Imposible no reconocer esas flores —interrumpió Mirta—. Aseguran que el vacío se instala en aquellos que se adentran en el Azul. Los ignorantes que lo hacen son marginados y terminan muriendo a las pocas semanas.

—Denia no va a morir, la cura se encuentra en el mismo Valle.

El silencio se instaló entre ellos por unos instantes. La joven lo escudriñaba con su mirada. No quería desanimarlo, pero estaba convencida de que su idea era un error.

—Si tus palabras fueran ciertas, el Valle estaría repleto de enfermos desesperados.

—No estoy contando mentiras.

—Entonces planeas adentrarte. ¿Sabe esto tu amiga?

—Le prometí que llegaríamos juntos a la Hondonada, y que después esperaría al borde mientras ella buscaba en el interior —intentó sonreír, pero el gesto terminó convirtiéndose en una mueca de desconsuelo, seguida de un silencioso llanto.

Mirta se acercó y le apresó con cariño entre sus rechonchos brazos.

—Necesito tu ayuda. Mañana temprano saldré al Valle, Denia no debe darse cuenta hasta la tarde.

—No me parece buena idea —agregó Mirta, cruzando los brazos.

—Sé que es una pésima idea —él sabía que era una decisión egoísta, pero quería ahorrarse la angustia de lidiar con Denia al momento de romper su promesa—, pero es mi única opción.

Mirta asintió.

—Mejor descansa, ya me encargaré de ella por la mañana.

Liam regresó a la habitación, se recostó contra una de las desnudas paredes y contempló el semblante de Denia. La quería tanto que la idea de perderla le cortaba el aire. No lo permitiría. Haría todo lo que estuviera en sus manos para salvarla.

—Buenos días —susurró Mirta, acomodando la bandeja en una estropeada mesa—, te he traído el desayuno.

—¿Dónde está Liam?

—Duerme en otro cuarto. Intenté despertarlo, pero está tan cansado que apenas se movió un poco —Mirta sonrió satisfecha al verla comer las frutillas en escasos bocados—, anoche hablamos en la cocina, me ha contado algunas cosas de ti.

A Denia le cambió la mirada. ¿Qué clase de cosas le habría contado a una desconocida?

—¿Qué te dijo?

—Que buscan la cura para la maldición del Valle. Y que esa cura está en el mismo Valle —interrumpió su discurso, movió su rostro con incredulidad—. Sigo sin comprender de dónde sacaron una idea tan disparatada.

Había algo familiar en Mirta, una sencillez que inspiraba confianza, pensaba Denia. Además, si Liam había confiado en ella era buena señal.

—De donde venimos, se dice que algunas brujas tienen todas las respuestas. Las guardan, las intercambian o las venden a quienes están dispuestos a pagar lo que piden —suspiró—, y Liam es un tozudo. ·

—Ciertamente lo es, me lo ha dejado claro en la cena.

—¿Te lo ha dejado claro? —dijo desconcertada. Su vista se perdió en dirección al pasillo.

Denia se puso de pie en un solo movimiento, sacudiendo la mesa con brusquedad para abrirse paso. El plato quedó hecho añicos al caer, y Mirta comprendió.

—¡Bocazas! —reclamó para sí.

La robustez le impidió alcanzarla, pero siguió de cerca sus pasos. La multitud se apartaba ante Denia. Así fue en las calles, el mercado y las plazuelas, hasta dejar atrás los bordes de la ciudad y llegar al Valle.

—¡Liam, aléjate de allí! —gritó Denia con fuerza —, ¡aléjate por favor! —repitió corriendo hacia él a una velocidad impresionante.

—¡Fue un accidente! —continuó Mirta, aminorando la marcha al advertir que ambos jóvenes se fundían en un abrazo.

—¡Mentiste! —le acusó, aferrándose a él con ansias.

—Tenía que hacerlo.

—¡No quiero que entres allí! —Liam apenas le sostenía la mirada.

—Voy a entrar, no me pidas que renuncie ahora —se despidió, besándole la frente.

A Denia le temblaron las manos, sentía un nudo en la garganta.

—¡No entiende! —dijo a Mirta, una vez que esta se detuvo a su lado—, no quiero que muera.

—No morirá —afirmó, sujetándole los brazos y mirándola a los ojos—, ¿escuchaste?

—Quiero que todo sea como antes.

—Imposible, incluso si encuentran su cura —interrumpió Mirta—. Ahora, debo volver al trabajo antes que noten mi ausencia. Regreso al anochecer con provisiones.

Mirta vio a estos dos amigos adentrarse en la Hondonada. Temió por ambos, sintió el impulso de detenerlos, pero sabía que sería inútil. Se marchó, abrazada a la esperanza de volver a verlos a su regreso.

Los rayos de sol, alzándose sobre las colinas, iluminaron el paisaje otorgándole brillo. Frente a ellos se desplegaba un manto de flores muy similares a los lirios salvajes, que era mecido por el viento.

Ambos sentían miedo. Un miedo que nunca antes habían experimentado. La brisa les provocaba escalofríos, su ritmo cardiaco aumentaba a cada paso, el aire comenzó a faltarles.

—Es mejor que descanses aquí, yo seguiré —dijo Liam, al ver el agotamiento de su amiga.

—No. Yo iré contigo —una tos repentina le impidió continuar.

—Mira cómo estás. Tú te quedas, solo nos retrasarás. No podemos perder tiempo —tomó las manos de Denia entre las suyas—. No voy a fallarte. Espérame aquí.

Denia se sentó en un tronco y siguió con la mirada los pasos de su amigo. Liam caminó a través de las flores, que le llegaban a las rodillas.

"No voy a fallarte"; repetía una y otra vez la promesa en su mente. El miedo que sentía se había transformado en duda. No sabía si realmente lograrían resolver esto.

—Pero la bruja confía en ti —afirmó para sí—. Cerró un trato conmigo, eso significa que tengo lo necesario para cumplir. De otro modo, no me habría confiado información tan valiosa.

Necesitaba creerlo. Sabía que las brujas no se fiaban de cualquiera. Él debía lograrlo, de eso dependía volver a ver la sonrisa de su mejor amiga.

Llegó la noche. Mirta se encontró con Denia a la orilla del Azul. La besó en la mejilla, entregándole un paquete con lo poco que había conseguido hurtar de la alacena. Cenaron juntas. A lo lejos podían ver parte de la silueta de Liam, que seguía buscando entre todas la flor que los sacaría de esa pesadilla.

—Perdóname por intentar encubrirlo, y perdónalo a él.

Denia asintió, perdida en sus ideas.

—Denia, ¿estás bien? ¿En qué piensas?

—Al principio la búsqueda parecía algo sencillo, ¿sabes? —ironizó—. Por lo menos así lo sentí cuando fuimos en busca de la bruja.

—Las brujas nunca son solución a los problemas —sentenció Mirta.

—Lo mismo creía, pero Liam me convenció de ir donde Alba; todos en mi pueblo comentaban que ella curaba cosas que nadie más podía…

Se dice que las brujas adivinan la llegada de cualquiera, creo que es verdad porque Alba nos encontró en el bosque mucho antes de que diéramos con su casa. No era como me la imaginaba. Su aspecto era como el de cualquier vecina del pueblo. Se veía de unos setenta o setenta y cinco años, de baja estatura y con su cabello pintado por el tiempo. Liam se paró frente a mí, en señal de protección, pero yo no sentí temor frente a la curandera.

—Tranquilos. Síganme.

Caminamos tras ella por en medio del bosque hasta llegar a una casucha revestida de enredaderas y musgo.

—Hemos escuchado de ti —me atreví a decir—, creemos que puedes ayudar.

—De otro modo no estarían aquí, ¿cierto?; díganme sus nombres.

El interior era un desorden. Un par de sillas desparramadas, una mesa vieja, hortalizas, recipientes y cosas en apariencia inservibles regadas por todo el espacio. Eso sí, las repisas de las paredes estaban impecables. Contenían numerosos frascos, ungüentos y libros, todo ordenado de menor a mayor. Eso parecía buen augurio, un indicio de que allí encontraríamos la solución.

—Yo soy Liam —su voz era insegura, recelosa—, y ella es Denia.

—Sepan que mi nombre es Alba, pero pueden llamarme como mejor les parezca. En el pueblo me llaman "la Bruja", "la Curandera", "la Señora de las curas"... y no sé cuántos apodos más —sonrió. Tomó asiento y continuó—: Ahora, tomen asiento y cuéntenme... No soy adivina, pero por tu aspecto —me señaló—, puedo ver que tienen un problema grande.

Narré con detalle mi visita al Valle más allá del mercado, la recogida de flores y cómo de un momento a otro, todo en mi interior se fue consumiendo.

—Perdió hasta la sonrisa —me interrumpió Liam.

—Les alegrará saber que conozco el remedio —hizo una pausa, disfrutando del brillo en la mirada de Liam, del alivio reflejado en sus aún infantiles facciones—. La cura se encuentra en el mismo Valle.

—¿Cómo vamos a reconocerla?

—Se trata de una flor idéntica al resto en su forma, pero blanca —su tono de voz se oscureció—. Pero... conseguirla significa volver a entrar..., estar una vez más en contacto con las flores azules —pasó su mirada de uno a otro—. ¿Tentarán de ese modo a la suerte? Lo más seguro es que terminen muertos.

—¡¿Muertos?! —no pude evitar soltar un alarido y tomar la mano de Liam—. ¡No se puede morir por algo así!

—Tú misma lo intuyes —desafió con la mirada—, nadie del pueblecito del que vienen se interesó en buscar respuesta a lo incomprensible, pero todos saben que no deben acercarse a ti; por eso pi-

den mi ayuda. Esa flor —advirtió, señalando con su arrugado dedo el camino hacia el Valle Azul— es la única respuesta a la maldición de los valles, y les queda poco tiempo para encontrarla.

—Supongamos que la encuentro —dijo Liam—, ¿qué hacemos después?

—Primero, pagar el precio por la información que voy a brindarles.

Liam le sostuvo la mirada, sin poder descifrar las intenciones de Alba. No había asombro, recelos, disgustos o ambiciones, sino un peculiar capricho por apropiarse de la historia que ellos dos estaban viviendo...

—¿Cuál es el precio?

—Cuando encuentres la flor, guardarás uno de sus pétalos y me lo entregarás intacto.

Parecía razonable. Y aunque no lo fuera, no teníamos alternativa. Liam estrechó su mano: era un trato.

—Encuéntrala, prepara una infusión utilizando uno de los pétalos y beban ambos. Un sorbo será suficiente.

—Entiendo —asintió, poniéndose en pie e indicándome que lo siguiera.

—Necesitarán un par de cosas —añadió Alba de pronto—, corren un riesgo muy alto. Lo menos que puedo hacer es ofrecerles recursos para el viaje —le tendió a Liam una vieja alforja. En el interior había mucho dinero, más del que habíamos visto en nuestros quince años de vida—. Lleguen con bien... ¡Y regresen! —advirtió a Liam—, que tienen una deuda conmigo...

Y así comenzó la búsqueda.

—¿Cómo confías en alguien que te entrega tanto dinero? ¿No te parece raro eso? —Mirta seguía con sus reservas en relación a la curandera.

—Sí. Al principio —reveló Denia, con la vista perdida en las siluetas nocturnas—, luego entendí que ella obtendrá algo extraño y valioso, por eso se atrevió a invertir. No le importamos en lo más mínimo —aclaró en un bostezo—, solo le interesa tener el preciado pétalo.

—Esperemos que funcione —Mirta se puso de pie—. Debo irme ya. Es hora de cierre en la posada. ¿No quieres venir y descansar allí? Liam estará más tranquilo si tú estás a salvo.

—¡Nunca! No lo dejaré solo. No puedo olvidar las palabras de Alba, no solo mi vida corre riesgo... —tenía un nudo en la garganta.

—Espero que encuentren la flor. Si no regresan esta noche, mañana vendré a buscarlos.

Denia la vio partir. Sintió miedo, no quería quedarse allí, sola, en medio de esa oscuridad que comenzaba a comerse el día. Aun así, cobró valor, volvió su mirada hacia el manto de flores, entrecerró los ojos, esforzándose para encontrar a su amigo. Lo vio. Su cabeza se movía de un lado hacia el otro en busca de algún pétalo blanco.

Las sombras disfrazaban la belleza de la hondonada. Liam sintió una extraña calidez, crecía en su interior la esperanza de alcanzar el objetivo. Pensaba en su pueblo, su familia. ¿Cómo explicarían su desaparición repentina? Se había asegurado de que nadie sospechara su paradero. No había sido difícil, pues su viaje al Valle Azul, era algo que solo las brujas podrían haber predicho, y en Concordia las detestaban. Habrían preferido cualquier tipo de tragedia antes que lidiar con sus propias curanderas.

Sus padres debían estar muy enfadados en ese momento. Llegó a la conclusión de que no importaba, porque entrarían juntos al pueblo. Todos verían el semblante recuperado de la hija del alcalde y agradecerían la tozudez de Liam. No podían permitirse perderla.

—No la perderé —dijo en voz alta, y retomó la búsqueda.

Habría resultado imposible hacerlo sin ayuda de la luna. Esa noche, cómplice de la pareja de amigos, iluminó gran parte del lugar, resaltando rincones que antes se perdían por el reflejo solar.

Y de repente. Allí estaba. La vio. Una irregularidad del terreno se vestía de algunos hierbajos, y entre ellos, la preciada flor. Sus manos temblaron. Su corazón latía fuerte. Apenas consiguió arrancarla, pues las lágrimas le impedían enfocar el objetivo. La sostuvo con delicadeza, no podía romperla. Atravesó la Hondonada corriendo, desbordaba alegría.

Desde lejos, vio que Denia descansaba. Se acercó sigiloso. Pensó en sorprenderla. Preparó la infusión para tenerla lista en el momento en que despertara. Aguardó una hora. Dos. El tiempo suficiente para comprender que no se había quedado dormida.

Pau Treviño. Nací el 11 de junio de 1998. Soy mexicana, duranguense, allegada a las buenas historias y ante todo, lectora. Descubrí a los doce años el anhelo de narrar y aprender a escribir relatos, dedicándome desde entonces a la búsqueda de personajes y tramas, así como a la labor social a través de las fundaciones BookTube Dgo, Valoremos leer, Juegos & Retos & BookTube y Literary Compass.

Los secretos del tiempo

Leonela Gómez

Suena el timbre. Fin de un día de clases. Tomo mis audífonos, me los pongo, doy *play* a mi carpeta de canciones favoritas y camino. Disfruto hacerlo. Miro los árboles que me topo en el camino, mientras una ligera brisa juega con mi fleco. En casa me espera mi hermano Lucas. Es algo revoltoso pero lo quiero. Hoy me toca explicarle Español, soy buena en eso; en cambio, su fuerte son las Matemáticas... y la consola.

La melodía es interrumpida por una llamada. Tomo el celular sin mirar y presiono "ignorar". Insisten. Miro la pantalla: número desconocido. Atiendo.

—¿Aló?

—¿Arya? —la voz de mi madre suena alterada y quebrada, como si hubiera llorado.

—¿Pasa algo? —digo preocupada.

—Ven lo antes posible al Hospital Central. Lucas sufrió un accidente.

Escucho cómo mamá rompe en llanto antes de cortar la llamada.

Sin siquiera pensar, mis piernas cobran vida propia. Corro tan rápido como puedo. Me abro paso entre los cientos de personas que caminan por la acera. Tropiezo con algunos. No me importa. ¡Debo llegar!

Sigo corriendo. El fuerte viento que choca contra mi rostro. Mis pensamientos pelean unos contra otros provocando emociones encontradas: tengo miedo. Rezo. Pienso lo peor. Tengo esperanza.

Mi cabeza no se detiene:

"¿Y si es grave? ¿Y si no se salva? ¿Y si muere? ¿Y si ya…? ¡No!". Sacudo mi cabeza. Debo alejar esas ideas. "Por favor, que Lucas esté bien. Por favor, que no sea nada grave".

Al fin puedo ver la silueta del gran edificio del hospital. Incremento la velocidad. Hago el último esfuerzo… y llego. Abro las puertas con fuerza y no me detengo, corro hasta la sala de emergencias esperando ver allí a mi madre.

La encuentro en un rincón. Apoyada contra la pared, con sus brazos cruzados y el rostro desencajado de tanto llorar.

—Mamá…

Me mira. Suelta un grito de agonía y se lanza hacia mí. La abrazo, sosteniendo todo su cuerpo.

—Lucas está mal —dice de un modo apenas entendible por su voz entrecortada—. Lo arrolló un auto y está grave, Arya. Tu hermano… —es incapaz de seguir hablando y se desploma en llanto sobre mis brazos.

El miedo empieza a fluir por todo mi cuerpo. Siento cómo va colmando mis pulmones hasta no dejarme respirar. Miro un punto vacío en esa deprimente sala y lo único que llega a mi mente son los recuerdos de hace unas horas, cuando me despedí de Lucas y le deseé suerte en su entrenamiento.

¿Cómo puede cambiar todo en tan pocos minutos? Necesito aire.

***

Los días avanzan y mi frustración aumenta con ello. Lo único que me mantiene de pie es la fe en que esa puerta blanca, fría, con un cartel de "No pasar", se abrirá y un doctor saldrá a darme buenas noticias.

—Todo estará bien, volveremos a casa los tres. Él estará bien —me repito una y otra vez. Quiero convencerme de ello, pero el rostro del doctor, cada vez que se presenta, siembra la duda en mí—, siento que las oraciones que hago a diario no valen la pena.

Desde ahí, todo empieza a caer, incluyéndome. ¿Cómo haré para vivir sin mi mellizo?

***

Llegamos a casa. Arrojo el abrigo negro en el sofá y me detengo en la entrada del comedor. Miro hacia la puerta principal de la casa, por donde acabamos de pasar. Lucas no la abrirá nunca más. Nunca más me regañará por meterme en problemas. Nunca más le veré en la cocina ayudando a mamá.

Ella corre a la habitación de Lucas y se encierra. Sus desgarradores sollozos recorren todos los rincones de la casa y se clavan en mis oídos como cuchillos. Se ha ido. La persona más importante de mi vida se ha ido.

Camino a mi habitación. Dejo caer todo mi peso en la cama. Observo las fotos pegadas en el techo y el recuerdo de Lucas subido en una silla para poder alcanzar y ponerlas vuelve a mí como un cruel golpe.

—¿Cómo fuiste capaz? —agarro la almohada que está a mi lado y la lanzo al techo—. ¿Cómo puedes abandonarme de esta forma cuando yo nunca lo hice? ¿Por qué no luchaste un poco más? —lloro desesperadamente—. Pasé noches sin dormir por ti hasta el final. Te apoyé en todo, Lucas, ¿por qué me abandonas así? ¡Eres un egoísta!

Cuando logro detener el llanto y tranquilizarme, me levanto de la cama y voy directo al baño. Abro la llave y lavo mi cara. Veo cómo mis lágrimas caen y se mezclan con el agua.

—¿Las lágrimas pararán algún día? —me pregunto al sentir su tibio recorrido por mis mejillas—. ¿Cómo seguiré sin ti?

Vuelvo la mirada al frasco de pastillas que tengo frente a mí, pero no le doy importancia y volteo para salir de allí.

Abro la puerta y voy nuevamente a mi cuarto. Intento dormir pero en cuanto cierro los ojos las pesadillas me atacan y me despierto en medio de la noche gritando y llorando desesperadamente. Mamá entra y me sostiene en sus brazos, consolándome, aunque en este momento no existan palabras capaces de hacerme sentir mejor.

Cada día que pasa lo siento más insoportable. Mamá me mira y me dedica una sonrisa triste e intenta asegurarse que estoy bien pero, a estas alturas, eso es imposible.

Quiero escapar de mí, pero mi madre me detiene. Ella me preocupa, puedo ver en su rostro los estragos ocasionados por la pérdida de un hijo y encima, tiene que ver a su única hija sin ganas de vivir. Me prometo luchar por ella; pero no es fácil. ¡Quiero hacerlo y no encuentro las fuerzas!

El cuarto de baño es un infierno para mí. Cada vez que lo visito, mi mirada se posa en el frasco de píldoras. Mi mano hace el intento de alcanzarlas y una voz en mi mente aparece:

"No lo hagas".

Y funciona, o por lo menos hasta ayer funcionaba. Al escucharla, me detenía; pero hoy es distinto. Una bestia crece en mi interior, es más fuerte que esa voz. Me esfuerzo por ahuyentarla, pero es inútil, puedo sentir cómo me devora. Vuelvo al baño, veo mi imagen en el espejo y no me reconozco: mi cabello está revuelto, unas enormes ojeras enmarcan mis ojos y un vacío que me aterra se esconde en ellos.

Una vez más escucho la voz:

"Por favor no lo hagas, Arya".

La bestia gana.

Tomo el frasco en mi mano y sin pensar en lo que hago, lo abro. Vuelco el recipiente sobre mi palma. Veo caer las cápsulas.

El monstruo se llevó mi cordura.

En cuanto tomo las pastillas la voz aparece una vez más.

"Dijiste que lucharías, Arya".

—Lo siento —le digo a mi demacrado reflejo—. Lo intenté pero estoy demasiado rota.

Mi vista empieza a distorsionarse. Siento cómo mis piernas pierden su vigor. Aprieto mis puños como si pudiera sostenerme del aire. Caigo. Cierro los ojos y aflojo mis manos, dejando ir mi última gota de fuerza.

—Perdón, mamá. Tu hija es demasiado débil.

***

El sonido de las furiosas aguas al chocar contra enormes rocas me despierta. Es reconfortante la sensación de mis pies sobre la tierra mojada por el río. Miro alrededor, árboles frondosos rodean la ribera. La luz lucha por pasar entre ellos e iluminar un poco el hermoso paisaje silvestre. Este lugar se siente magnífico.

—¿Te gusta? —dice una voz suave y delicada.

Volteo y veo a una niña parada detrás de mí, que me mira con ojos curiosos.

—¿Quién eres? —pregunto sorprendida.

—¿No me recuerdas? —la niña juega con su largo cabello café y noto en su rostro que está algo decepcionada.

—No.

La niña camina y escala las rocas hasta justo en frente. Toma mi mano y fija su mirada en mí.

—No importa, estaba segura de que tal vez no lo harías —sonríe y comienza a tirar de mi mano con fuerza—. ¡Vamos a jugar, Arya!

Sus palabras funcionan como un *clic* en mi memoria. Imágenes de mi infancia me golpean. ¡No puedo creerlo! ¡Es ella!

—¿Ada? —digo sorprendida. Una sonrisa se dibuja en el rostro de la niña. Ella había sido mi amiga imaginaria cuando tenía entre seis y ocho años—. Pero... tú... tú no eres real —consigo decir a pesar de la impresión.

—Por supuesto que soy real, Arya; pero solo tú puedes verme.

—¿Ahora estoy loca?

—¿Por qué vas a estar loca? —me mira con total confusión—. Tú me olvidaste, pero yo siempre he estado contigo.

—¿Y por qué vuelvo a verte?

—Porque me necesitas —toma mi mano y tira de ella—. ¡Vamos a jugar, Arya!

—Estoy grande para eso, Ada.

Ella no es real.

—Entonces podemos volver a cuando eras niña y jugar. ¿Sí?

—No podemos hacer eso —me suelto de su agarre de un tirón brusco y empiezo a pensar en cómo salir de allí—. Además, necesito regresar a casa.

—Eso es mentira.

—¿Y tú qué sabes?, solo eres un producto de mi sueño.

—Sé que te rendiste, Arya; así que no debes volver a casa y esto es diferente a un simple sueño. Solo puedes despertar si luchas de verdad.

Volteo a mirarla, totalmente desconcertada. Es cierto que me había rendido y ella lo sabía. Me quedo en silencio, intento analizar sus palabras. Ella insiste:

—Vamos a jugar, Arya. Podrías ver a Lucas.

—Lucas se ha ido.

—De ahí aún no lo ha hecho —señala algo detrás de mí.

Volteo y miro una burbuja flotando en medio de todos los árboles. Dentro de ella puedo ver un parque de juegos. Es un día soleado. Niños corren entre los juegos mientras sus padres observan. Aunque parece inverosímil la visión, me detengo en ella, uno de esos niños me parece familiar. Aguzo la mirada. ¡Es él! ¡Es Lucas!, una versión de Lucas de unos siete u ocho años. Quiero estar allí.

—¿Podemos ir? —pregunto desesperada.

—Sabía que aceptarías —sonríe tiernamente—. Sí. Eso sí, hay una condición: solo podrás mirar, ¿lo prometes?

—Bien, lo prometo.

Toma mi mano y me guía dentro de aquella burbuja. Al ingresar, vivo la misma sensación que da sumergirse de pronto en una piscina. Aunque está soleado, una brisa helada corre en el aire y hace que me estremezca.

Grupos de niños de diferentes edades corren de un lado al otro. Busco a uno en especial, mi hermano. En ese momento una niña de cabello ligeramente ondulado, más bien enredado, se nos acerca.

—Ada, ven a jugar —la niña hace señas a mi amiga invisible y sale corriendo. En ese momento comprendo que, tal como Ada dijo, no podía verme.

—¿Lo ves? , ahora sí quieres jugar —dice Ada—. ¡Voy detrás de ti, Arya! —grita antes de salir corriendo tras la niña.

Me veo allí, corriendo, con tan solo ocho años… Había olvidado la felicidad de mi infancia junto a Ada.

Mientras ellas juegan hago un recorrido visual por el ambiente. Veo un gran edificio de color terracota. Es mi escuela, a la que asistí con Lucas. Miles de emociones me inundan al recordar esos días.

Me acerco. Escucho fuertes risas y burlas en el patio de la entrada. Intento acercarme más. Veo un grupo de niños formando un círculo. Se burlan y ríen de un niño de cabellos castaños que se encuentra en el suelo, con sus ojos llenos de lágrimas. ¡Es Lucas!

Quiero avanzar hasta los niños para salvar a mi hermano de esa cruel situación, pero alguien toma mi brazo.

—Prometiste solo mirar —Ada se queda muy cerca de mí.

—Es solo un niño y le harán daño —intento convencerla de la necesidad de intervenir.

—Te dije que solo podías mirar y aceptaste —presiona mi brazo. No deja que me mueva de su lado.

Los niños siguen haciéndole bromas pesadas a mi hermano. Todos se carcajean y disfrutan la desesperación del niño frente ellos. Siento que no puedo contenerme. Las risas suben de volumen. Comienzan a patearlo y veo un puño ir directo a su rostro. Empieza a sangrar. Otro puñetazo más, esta vez en el estómago. Forcejeo con Ada, necesito soltarme, ¡debo detener esto! Pero no puedo. No existo en esta realidad. Cierro mis ojos con fuerza, ya no quiero ver más.

—¡Sácame de aquí! —grito a Ada—. ¡No me hagas ver esto!

—¡Paren, sinvergüenzas! —grita otra voz, una un poco más aguda e infantil, pero conocida. Mi voz... o mejor dicho, esa voz que tuve en mi infancia.

La pequeña Arya logra colarse en el centro del círculo. Estira sus brazos intentando proteger a Lucas, que permanece agazapado en el suelo lleno de heridas y moretones.

Da un paso adelante, impulsa su puño y lo estaciona directo en el rostro del niño que había golpeado a mi hermano antes. El impacto hace que el abusador caiga de espaldas al suelo. Ella no se conforma con eso, se le tira encima lanzando muchísimos más golpes (no me recordaba así).

Muchas personas empiezan a salir de las puertas del edificio. Supongo que eran profesores. Se aproximan rápido, hasta llegar al montón de niños formados. Un profesor aleja a la pequeña Arya del otro niño.

—¡No vuelvas a acercarte a mi hermano! —grita y lanza patadas hacia todos lados—. ¡Nadie se atreva a volverle a hacer daño a Lucas! ¿Escucharon?

Dos profesores se acercan para sostener a la niña, mientras otros ayudan a Lucas y al otro niño que quedó rendido en el suelo. Ada ríe divertida ante el espectáculo.

—Eres bastante ruda… O… ¿eras?... —me mira algo decepcionada de lo que ve—. Vamos, es hora de volver.

Antes de poder pedir por unos minutos más, la imagen frente a mí se quiebra y otra vez, el bosque.

No queda nada de la escuela, de Lucas, de mi infancia… Camino hasta una roca, me siento en ella y repaso todas las imágenes. Una sensación de vacío me embarga.

Siempre he defendido a Lucas del mundo, sin importar nada. Fui su escudo, pero él también fue el mío y ahora me encuentro desprotegida.

—Estoy sola —digo en voz alta y Ada, que está agachada frente al río, voltea a mirarme.

—No lo estás. Tienes a tu madre, a tus amigos y al resto de tus familiares. También me tendrás a mí siempre —sonríe al decir lo último—. Él tampoco está solo Arya.

Siento un nudo en la garganta. Las lágrimas se acumulan en mis ojos. Ada se acerca a mí y me toma de la mano.

—Piensa en quién sufrirá si decides irte —me mira seriamente y por un momento olvido que es una niña—. Cierra los ojos y duerme.

Me quedo pensando en lo que acaba de decir.

¿Quién sufrirá *si decido morir*?

***

Biiip, biiip, biiip…

Ese sonido es lo único que escucho. No puedo ver nada. Todo es oscuridad.

Voces. Muchísimas voces llegan mezcladas a mis oídos, haciendo imposible saber lo que dicen, hasta que aparece una voz demasiado conocida…

—Arya, hija mía… ¡por favor!

Mamá.

—¡No me dejes tú también, mi amor, por favor!

¡Mamá!

Me siento impotente. Necesito verla. Necesito tocarla, decirle que estoy bien.

—Mi bebé, ¿por qué quieres abandonarme?

Mamá, lo lamento, lo lamento.

Quiero gritar pero no puedo. La oscuridad no me permite encontrar su mirada, mi voz parece estar presa en la negrura. Quiero salir de aquí y pedir su perdón, pero no puedo. Fuerzo mis brazos, las piernas. Todo mi cuerpo está inmovilizado. Me desespero, el aire me falta, siento cómo mis pulmones intentan reaccionar. Nada.

Biiip, biiip, biiip, bip…

La velocidad del sonido aumenta, de la misma forma que la presión en mi pecho.

Un nuevo sonido se une al *bip*. Son pisadas. Muchas pisadas.

—¿Qué está pasando? —la voz de mi madre parece alterada, casi igual que en aquella llamada telefónica cuando Lucas… cuando Lucas…

Mamá…

—¡Mi bebé, por favor, no!

Mamá, lo siento. ¡Por favor, perdóname!

—¡Arya, por favor no me dejes!

—Señora, debe retirarse. Déjenos trabajar.

Puedo escuchar los pasos y sollozos de mi madre al salir.

—¡Entró en coma! Traigan el equipo —puedo sentir cómo asisten mi cuerpo. En sus voces percibo la pasión, la lucha que emprenden por salvarme… Pero yo… yo no sé si quiero quedarme.

Ya no escucho a mi madre. Una débil luz va consumiendo todo este cuadro oscuro.

***

—¡Arya, tranquila! —Ada me zarandea para despertarme—. Todo está bien.

El aire vuelve a mis pulmones y me dejo caer en los brazos de

Ada. Lloro de impotencia. No lo entiendo. ¿Por qué hice esto?

—Está bien, Arya —la niña pasa su delicada mano por mi cabello—. Aún no es el fin.

No logro detener las lágrimas. Ahora lo comprendo todo y me duele: mi madre está en duelo a causa de un hijo arrancado por el destino, y por una hija que decidió no vivir. ¿Cómo pude hacerlo? Se supone que había hecho todo para dejar de sufrir, pero, ¿por qué esto no se detiene? ¡Estoy rompiendo a mi madre en mil pedazos!

—Aún no ha acabado nada, Arya —sigue diciendo Ada, manteniéndome abrazada—. Ahora, ¡lucha como no lo hiciste antes!

Pasan unas horas, y al fin logro calmarme. Ada se pone de pie y comienza a caminar. Me levanto y la sigo. Veo cómo roza con sus dedos las hojas de los arbustos y estas se levantan, como si cobraran movimiento después de su tacto. El camino es denso, sin gran visibilidad; hasta que llegamos a un claro donde la niña se detiene.

—Llegamos —anuncia.

Detrás de ella reaparece la burbuja flotando en el aire. Esta vez el paisaje en su interior es diferente, se distingue una gran piscina y muchas personas sentadas en la gradería.

Sé de qué se trata. Recuerdo ese día: una de las competencias de Lucas. La última.

Volteo a ver a Ada, que se mantiene a mi lado y solo me tiende la mano. La tomo y me guía hacia el interior de la burbuja.

—En diez minutos los nadadores estarán listos, señoras y señores —se escucha en el altoparlante. La audiencia responde al anuncio con aplausos y gritos de apoyo.

Los nadadores empiezan a salir de los vestidores. Puedo ver a

Lucas.

—¡Vamos, Lucas! ¡Ese es mi hermano! —grita una chica entusiasmada. Soy yo, hace un mes.

Lucas voltea y le tira un beso.

—Siempre tan payaso —digo riendo con nostalgia.

—Nadadores, a sus puestos —anuncia el locutor. Todos se preparan y en cuanto dan la señal, se lanzan al agua.

Lucas nada a una velocidad bestial, luchando por llegar primero. Todo el mundo grita, incluyéndome.

—¡Vamos, Lucas! —grito de pie y Ada ríe al verme.

—Arya, recuerda que no pueden escucharte.

Es cierto. Pero no puedo contener la emoción de verlo allí, haciendo lo que ama.

—¡Lucas Hernández, carril nueve; primer lugar! —una vez más, mi hermano triunfa.

Lucas celebra en la piscina, alza los brazos, me busca con la mirada ante el vitoreo de los presentes. Mi yo de un mes atrás abraza a mi madre.

No soporto más. Veo a Lucas salir de la piscina y dirigirse a los vestidores. Voy tras él.

—¡Arya, no! —grita Ada a mis espaldas pero no le hago caso.

—¡Lucas! —lo llamo. Veo que se detiene, viene hacía mí, pero tengo que hacerme a un lado para que no me atropelle. Volteo a ver y allí está, abrazado a nuestra madre y a mí, o a la Arya que fui cuando él vivía.

Me quedo de pie. Congelada. No podré volver a abrazarlo nunca más. Esa idea me desarma. La escena se rompe y una vez más, aparece el bosque.

—Te dije que solo podías mirar, Arya —dice Ada enfadada frente a mí.

—¡Pues es tu culpa! —refuto. También estoy enojada—. Es tu culpa por mostrarme esas cosas. ¡Quiero irme de aquí ya!

—¿Ah, sí? ¿Vas a rendirte de nuevo, Arya? ¿No vas a luchar?

—¿Por qué todo el mundo sigue diciendo eso? —levanto la voz—. ¿Crees que en este momento no estoy luchando? ¿Qué más tengo que hacer?

De repente toda la ira es reemplazada por tristeza y me dejo caer sobre el césped.

—¿Qué más debo hacer, Ada? —digo bajando la voz.

Ada se agacha a mi lado y me mira.

—Debes decidir qué quieres hacer después de todo esto. Combatir ese dolor tan dañino que llevas dentro aún —al decir eso posa su dedo en mi pecho—. Ahora debemos descansar para ver si eres capaz de llegar a mañana.

Se acuesta a mi lado, dándome la espalda. Puedo sentir su frustración igual o quizá mayor que la que siento yo misma.

No puedo dormir. Comienzo a comprender por qué estoy aquí. Y me duele. Había decidido terminar con todo para ya no sufrir. Estaba convencida de que era lo mejor, que no había otra forma de aliviar mi agonía, esa respiración sofocante del día a día. Y quise detenerlo todo de una buena vez. Pero siempre fui solo yo: la que sufría, la que lloraba, la que era débil, la que había perdido a Lucas… Nunca miré a mi alrededor. Nunca miré a mi madre... En cambio, ella puso mi tristeza por encima de la suya e hizo lo indecible por brindarme su ayuda. Y no se lo permití.

Ada tiene razón. ¡Debo decidir lo que quiero! Enfrentar esta batalla sin huir. Aunque hacerlo duela.

***

Bip, bip, bip...

De nuevo, la oscuridad me consume y ese sonido es el único que llega a mis oídos. Luego el chirrido de una puerta abriéndose. Pisadas. Una silla que se mueve... Y ahora alguien toma mi mano.

—Arya, mi amor.

Mamá...

—Los doctores dijeron que tal vez puedas escucharme, así que quiero pedirte algo. No te culpo por lo que hiciste. Lo siento, mi amor, por no estar para ayudarte con tu tristeza, por no haberme dado cuenta de la lucha que llevabas contigo.

No fue tu culpa, mamá; fui yo la que se rindió.

—Pero por favor, cariño, lucha hasta el final. Tú y Lucas son todo para mí y uno de los dos ya no está, pero tú sí puedes volver. Por favor, no me abandones, Arya. ¡Por favor!...

Mamá, lucharé, ahora sí lo haré de verdad. Lo prometo.

Los sonidos empiezan a alejarse hasta que desaparecen.

***

Abro los ojos y la luz del sol me da los buenos días. Me incorporo y veo a Ada dormida a mi lado.

—Ada —le toco un brazo y abre los ojos lentamente.

—Despertaste —dice y bosteza—. ¿Decidiste qué debes hacer?

—No puedo rendirme. Ya lo hice una vez y no lo haré de nuevo.

Ada no dice nada, solo se acerca y me abraza.

—Creí que seguirías enojada —digo bromeando.

—Aún lo estaría si se te hubiera ocurrido hacer otra tontería tan cobarde —se levanta y sacude sus ropas—. Ahora, debemos terminar nuestro viaje.

Me levanto y camino detrás de ella con el cielo haciéndonos compañía. Emprendemos el sendero que es similar al anterior, lleno de paisajes hermosos, de majestuosos árboles y arbustos con bellas flores.

Ada se detiene, bloqueándome el paso y la vista del nuevo paisaje.

—¿Dónde está la burbuja? —pregunto confundida.

—No habrá burbuja esta vez —dice y se voltea a verme—. Lo verás tú.

—¿A quién veré?

Sin responder, Ada se quita del camino, dejándome ver una pradera de verdes brillantes. Miles de mariposas y pájaros vuelan, dando un espectáculo lleno de colores. Hasta que estos llegan a lo alto, puedo notar que hay alguien sentado en una piedra, de espaldas a mí. Tiene el cabello castaño y desordenado, hombros anchos y alta estatura. Es alguien que podría reconocer en cualquier lugar.

—¡Lucas! —grito y sin poder contenerme, corro hacia él.

Voltea a verme y cuando se da cuenta de que soy yo, se levanta y viene a mi encuentro.

—¡Arya!

Me rodea con sus brazos y siento un sinfín de emociones. Ese abrazo lo es todo: seguridad, amor, esperanza, paz...

—Te extrañé —digo acercándome más a él, temiendo que desaparezca de nuevo.

—Yo también te extrañé —dice—. ¡Estoy tan feliz de verte!

Me suelto de su abrazo. Lo miro fijamente a los ojos.

—¿Por qué te fuiste?

—No tuve opción —toma mi mano y sonríe—. Debes estar bien.

—No sé cómo hacerlo sin ti, Lucas.

—Sé que es difícil, pero tienes que seguir. Vive tu vida, porque yo ya viví la mía —las lágrimas corren por mis mejillas—. Será difícil despedirnos, pero no deseches tu vida como quisiste hacerlo.

Él sabe lo que hice. Sabe que me rendí.

—Lucas, lo siento mucho —digo entre sollozos.

—Todo está bien, solo vuelve —me cubre de nuevo con sus brazos y lloro en su pecho—; debes hacerlo Arya, no te rindas. Debes luchar tus batallas.

¿Soy capaz de hacer lo que me pide? ¿Podré cumplir mis sueños sin él?

—Arya —me aleja de su pecho y pasa sus manos por mis mejillas para limpiarme las lágrimas—, no llores como si los recuerdos buenos no existieran. Eres fuerte, por eso debes seguir. Siempre estaré contigo.

—¿Estarás conmigo?

—Contigo y con mamá, todos los días de tu vida, como lo prometimos.

Creo en él. Creo en lo que dice.

—Necesito volver, ¿cierto?

—Así es. No has terminado tu viaje. Tu historia en la vida aún no la has escrito. Además, debes cuidar a mamá por mí.

—Te amo, Lucas —vuelvo a sus brazos, por última vez.

—Yo también te amo, Arya —pone sus manos en mis mejillas. Acerca sus labios y besa mi frente—. Vuelve, hermanita, y sé fuerte.

***

Biiip, biiip, biiip…

Lo haré, Lucas. Lo prometo…

Una potente luz me obliga a parpadear varias veces e intento moverme, los tubos y cables conectados a mí no me lo permiten. La enfermera se da cuenta y sale de la habitación.

Escucho gritos. Poco después mi madre entra a la habitación, seguida de dos médicos.

—¡Arya! —dice llorando—. ¡Gracias a Dios!

Quiero hablar, pedirle perdón, decirle tantas cosas… pero la máscara de oxígeno que tengo sobre la boca me lo impide.

Los doctores están asistiéndome. Vuelvo los ojos a la ventana. El cielo está despejado, un enorme rosal parece florecer para mí y en él, un colibrí revolotea.

Ada, ¿terminamos el viaje?

Sonrío.

Sonrío porque tengo una oportunidad más. Sonrío porque no estoy sola. Sonrío porque sé la respuesta, tal y como dijo Lucas: *Aún no escribo mi historia, no he terminado mi viaje.*

Leonela Gómez. Soy de Costa Rica. Tengo 14 años. Estudio y aunque me faltan grandes caminos por recorrer, siempre amaré mostrarme ante el mundo por medio de las palabras. Quiero poder compartir con las demás personas los pensamientos y convicciones que vuelan en mi mente. Por ello escribo, para dejar una huella en todos aquellos que leen mis historias.

Un invierno de colores

Denise Silva Alemán

Ángel miró atrás antes de salir y solo percibió soledad bajo el techo de la lujosa mansión. Abrió la puerta y el frío de aquel nevado amanecer golpeó su rostro. Bajó los escalones hasta llegar al coche, allí lo esperaba el chofer para llevarlo a un destino que lo entusiasmaba poco. Pero así lo determinaron sus padres, y en las circunstancias que vivían no se atrevió a discutir.

Subió a la parte trasera del auto. Se puso los audífonos. Buscó en su celular el álbum de Sigur Rós y se reclinó en el asiento. La música era lo único que le permitía olvidarse de todo, aunque en ese momento ni siquiera ella podía salvarlo de las imágenes que lo atormentaban. Comenzaron el viaje. Tan solo unos metros más adelante, pudo apreciar por la ventanilla a una familia que se divertía formando un muñeco de nieve. ¡Parecían tan felices! ¿Y cómo no estarlo? Era Nochebuena, el día más especial del año para todos, menos para él. No después de anoche.

Estaban terminando de cenar. Platicaban animados lo que harían esta Navidad. De pronto, su madre hizo un gesto de dolor y recostó su frente sobre la mesa. Ambos corrieron a su lado. Hicieron que se recargara sobre ellos y la llevaron hacia el sofá de la sala. Ella comenzó a sudar. Se quejaba de una molestia muy fuerte en el vientre.

Ángel la tomó de la mano, sin saber qué decir o hacer. Mientras tanto, su padre llamó al servicio de emergencias. Pocos minutos después llegó la ambulancia. Lograron estabilizarla y se la llevaron. Ángel se quedó de pie en la puerta hasta que la noche absorvió el último reflejo de la sirena.

Pasaron un par de horas. Recorrió cada cuarto de la casa una y otra vez. Los nervios le ganaban. Preparó un poco de chocolate, se sentó frente a la chimenea y esperó. Fijó la mirada en un retrato familiar que colgaba en la pared. ¡Cuánto habían cambiado las cosas en su familia tras enterarse de que su madre estaba embarazada! —pensó en eso mientras acercaba la humeante taza a sus labios—, ahora sus padres discutían menos y a él le ponían mayor atención, este bebé era como un milagro. Desde lo más profundo de su corazón deseaba que todo estuviera bien.

Cinco de la mañana. El sonido de la cerradura al abrirse lo despertó. Vio entrar a su padre. Al ver la tristeza dibujada en su rostro supo que no habría buenas noticias. Ángel caminó lentamente junto a él y sin decir palabra, se abrazaron. Él pudo sentir las lágrimas de su papá corriendo por sus brazos. Lloraba desconsoladamente. El embarazo se había complicado, la presión se elevó y aunque los médicos lo intentaron todo, no pudieron salvar la vida del bebé. Su madre aún estaba delicada pero fuera de peligro, aunque había perdido la posibilidad de volver a engendrar.

Ángel no comprendía de términos médicos, pero sabía que ya nada volvería a ser igual.

—Necesito ver a mamá —rogó a su padre.

—No es posible, ahora mamá... —su voz se entrecortaba—. Mamá no está bien. Necesita descanso. Reponerse. Debe pasar un tiempo a solas.

—¿*Cómo a solas? ¡Tengo que verla! Hay que cuidarla.*

—*Ángel, mamá no quiere verte ahora. No quiere que la veas así* —se alejó del joven. Aclaró la garganta y volvió la mirada a su hijo—. *Hemos decidido enviarte un tiempo con la tía Helen para que te cuide.*

—*¡No, papá! No hagas eso* —un llanto desesperado invadió al niño—. *Tengo que estar con mamá.*

—*Hijo, solo serán un par de días, hasta que las cosas esten mejor. Por favor, colabora.*

No le quedó más remedio que aceptar.

El paisaje parecía devorar de un blanco mordisco cada una de las casas del pueblo. Ángel repetía una y otra vez la escena de esa noche. Se preguntaba cómo todo cambió de un instante para otro. Estaba incómodo. Confundido. Enojado con Dios. ¡¿Cómo pudo permitirles tocar la felicidad y luego arrebatárselas?! Una lágrima recorrió su rostro. La limpió con la mano para que el chofer no lo viera, cerró los ojos e intentó no pensar más. El sonido melancólico de la música fue atrapándolo, hasta que se quedó dormido.

El trayecto duró varias horas. Sintió la molestia de un rayo de luz en los ojos, los abrió. Miró por la ventanilla. Junto a la carretera había un letrero grande de madera que decía: "BIENVENIDOS A LA VILLA".

Afuera, todo seguía cubierto de nieve, pero ahora estaba iluminado por el sol. Los árboles eran altos y adornaban el camino haciendo una valla. Al pasar los campos comenzaron a aparecer pequeñas cabañas y casi al final del camino se encontraron con un gran parque que lucía en su centro el árbol de Navidad más impresionante que Ángel había visto en su vida. Era muy alto y estaba adornado con luces y esferas. Guirnaldas y focos de todos los colores rodeaban cada una de sus ramas y en la punta brillaba una gran estrella de Belén. Los niños y adultos que caminaban por ahí vestían sus abrigos verdes y rojos. Gorros, bufandas, guantes, llevaban todo estampado con motivos festivos. Algunas personas cantaban villancicos. Otras patinaban. Los enamorados aprovechaban para dibujar sus nombres en la nieve. Todo era fiesta. Y eso le molestaba. "Pobres —pensaba—. Sonríen creyendo que la felicidad es para siempre".

El coche se detuvo frente a una casa grande de dos plantas, la fachada era blanca, tenía un amplio jardín al frente cubierto por la nieve y una cerca de madera que lo protegía.

—Esta es la dirección que me dio su padre —le indicó el chofer.

Ángel bajó del coche, tomó su maleta y se despidió.

Sintió el aire fresco sobre sus mejillas, era agradable al mezclarse con la calidez que irradiaban los rayos del sol. Caminó lentamente hacia la entrada y observó el cartel que pendía del buzón de madera: "CASA HOGAR LA VILLA". Lo habían escrito con pintura de colores y un trazo infantil, como de niños pequeños.

Se sintió confundido al ver aquel buzón, pensó que el chofer se había equivocado de dirección. Le gritó para que regresara, pero el carro ya se había perdido en la distancia.

La cerca estaba abierta, así que decidió entrar a preguntar. Pasó sobre el camino de piedra y subió tres escalones hasta llegar a la puerta de entrada. Tocó el timbre. La puerta se abrió de inmediato y apareció una hermosa mujer delgada de estatura mediana, ojos verde esmeralda y una cabellera rubia como el oro; de no ser porque era algo más joven, podía confundirla fácilmente con su madre.

Al verlo, ella sonrío y lo abrazó con fuerza. Él se mostró incomodo ante aquel gesto, no estaba acostumbrado a esas muestras de cariño y de inmediato se apartó.

—Perdona a tu tía, pero es que soy muy emocional; pero pasa, anda; no quiero que te congeles. ¡No puedo creer que ya tengas catorce años, qué rápido ha pasado el tiempo! —la mujer lo miraba asombrada. Abrió la puerta y lo invitó a pasar—. Tenemos mucho de qué hablar, pero para que te calientes, te traeré un poco de chocolate.

—No. No es necesario —aunque le apetecía algo caliente, no le entusiasmaba tener que convivir con una extraña.

—¡Claro que sí! No hay nada mejor que una deliciosa taza de chocolate. Anda, dame tu maleta, la llevaré al cuarto de huéspedes. Más tarde te diré dónde dormirás pero por lo pronto siéntate. ¡Estás en tu casa! —le señaló un antiguo sofá blanco que estaba en el recibidor junto a una mesa. Ángel se dejó caer y la vio salir de la habitación.

Aunque se resistía, aquel lugar le atraía. No entendía bien qué. El espacio era una mezcla de casa y centro escolar infantil. Las paredes estaban pintadas de diferentes y vistosos colores. El cuarto comunicaba a una enorme habitación que hacía las veces de sala de música y biblioteca. Entró. Paso la yema de sus dedos por el lomo de los diferentes libros de la sección de cuentos, por un momento sintió como si ya hubiera estado ahí antes, pero no podía recordar cuándo. Hojeaba las páginas de una edición ilustrada de *El Principito*, cuando una frágil voz a sus espaldas lo interrumpió.

—¿Ángel?

Se dio la vuelta para saber quién le hablaba y vio a una niña sonriente. Tendría unos once o doce años, sus ojos eran grandes y de color miel, su tez era blanca, casi pálida, llevaba puesto un gorro con orejeras que le cubría la cabeza sin dejar apreciar su cabello, vestía blusa y mallas que hacían juego con su gorro.

—¡Soy Karol!, Helen nos ha hablado tanto de ti que ya quería conocerte —dijo al tiempo que extendió su mano para saludarlo. Él le correspondió acercando la suya lentamente pero de inmediato la soltó.

La tía Helen apareció junto a la puerta y se quedó frente a ellos observándolos, en la mano llevaba una taza de chocolate espumoso que aún despedía vapor, la dejó en la mesa del recibidor y después de unos minutos se acercó a ellos.

—¡Veo que ya conociste a mi querida Karol! —abrazó a la pequeña—. Karol vive en esta casa-hogar conmigo, con otros veinte niños más y dos empleados. Esta era la casa de tus abuelos, quizá no la recuerdas porque la última vez que estuviste aquí tenías cuatro años; poco después ellos murieron y me la heredaron. A tu madre nunca le interesó porque le traía recuerdos y a mí me quedaba muy grande, así fue como decidí hacer de ella una casa-hogar para los niños —el rostro de la tía perdió algo de entusiasmo—. Mi hermana y yo nunca hemos seguido los mismos sueños. Tu mamá se molestó mucho cuando le conté mi plan, ¡hasta dejó de hablarme! Bueno…, ella es así. Dejamos de vernos, yo seguí con el proyecto y se convirtió en esto que ves. Tu papá nos ayuda de vez en cuando con donativos. ¡Claro que tu madre no lo sabe! No sé cómo lo tomaría —sonrió y continuó—: Esta casa es mi hogar, mi trabajo y mi vida entera.

—¿Es un orfanato? —preguntó Ángel algo confundido.

—¡Es más que un orfanato! Es nuestro hogar y es hermoso para todos los que vivimos aquí —afirmó Karol con emoción y sus ojos se llenaron de brillo.

—Ahora entiendo el buzón, el colorido de la casa y sobre todo por qué mi padre tuvo la idea de mandarme aquí. Ignoraba que seguía en contacto contigo.

—¡Bueno, bueno... cambiemos el tema! —dijo la tía, palmoteando—. Más tarde conocerás el resto de la casa, al personal y a los niños. ¡Te van a encantar!, pero ya habrá tiempo. Ahora... ¡manos a la obra!, que es día de Nochebuena y tenemos mucho trabajo. Necesito que me acompañes a hacer algunas compras. ¿Nos acompañas, Karol?

—¡Claro! —respondió la pequeña—. Voy a buscar mi suéter.

—Si no hay una mejor opción, pues vamos —la voz de Ángel volvió a reflejar su sinsabor por todo lo que implicara alegría.

—Su fuerza es admirable —dijo Helen, mientras seguía con su mirada los pasos de la niña—. Cada día con ella es un milagro. Así lo vivimos todos.

—¿A qué te refieres? —él no lograba entenderla.

El sonido presuroso de los pasos de Karol los interrumpió.

—Estoy lista. ¿Nos vamos?

Caminaron hasta llegar a la gran plaza, la misma que Ángel vio al llegar al pueblo. La tía Helen observó que el supermercado estaba atiborrado de gente, así que se acercó a Karol y le habló en voz alta para que su sobrino escuchara:

—¿Puedes cuidar por un momento de Ángel mientras yo hago las compras?

Esas palabras no causaron gracia al joven, que solo giró la cabeza y puso sus ojos en blanco.

—¡Lo cuidaré bien, lo prometo! —hizo pose de soldado y se llevó una mano a la frente como si hubiera recibido la orden de un sargento.

Karol jaló a Ángel del brazo y lo llevó hasta la banca ubicada junto al árbol de Navidad y tomaron asiento.

—¿Verdad que es hermosa? —expresó Karol mientras observaba a Helen marcharse a lo lejos—. ¡Tu mamá debe ser tan perfecta y linda como ella! ¿Cierto? —Ángel, sorprendido, no supo qué responder—. ¿Sabes?, cuando llegué a la casa-hogar solo tenía tres años, desde entonces Helen me ha cuidado como una madre, por eso intento ser buena con ella todo el tiempo, ¡es lo menos que puedo hacer! Todos los niños aquí son muy buenos, espero que algún día puedan tener una familia y una mamá tan linda como ella.

—¿"Que puedan tener"? ¿Tú no quieres una familia?

—La tengo. Con tu tía, los chicos… y Lucas, ya lo vas a conocer.

—Me refiero a una de verdad, que puedas decirles *mamá* y *papá*…

—No… No necesito eso ahora… —su rostro ensombreció por un instante—. Hubo un tiempo en que lo quería, pero ya no. Es tarde. Como dice siempre tía Helen: "Mejor disfrutar el tiempo que se te regala con los que tienes cerca, y no esperar por un tiempo que no sabes si tendrás, con los que aún no llegan y ni siquiera sabes si llegarán" —lo miró y volvió a sonreír—. En el hogar tengo todo lo que necesito.

Ángel tragó saliva al escuchar esas palabras, pensó en sus

padres, reflexionó en que siempre los juzgaba por todo, pero ahora, al escuchar a Karol, no estaba seguro de haber sido el mejor hijo. Nunca buscaba acercarse a sus padres; se portaba distante e indiferente con ellos. No sabía qué detonaba ese rechazo, porque realmente los amaba y extrañaba. El inicio de unos villancicos interrumpió sus pensamientos. Miró alrededor. La niña permanecía estática, con la mirada fija en el árbol. Parecía haberse transportado a otro mundo.

—¿Qué tanto le ves? Es solo un árbol.

—¡Estoy admirándolo! Ver sus luces, sus adornos, sus ramas, su aroma… me hace sentir viva y… además, tía Helen me enseñó su magia. ¿Quieres que te diga cuál es? —Karol le habló en voz baja y miró a los lados para asegurarse de que nadie más escuchara.

—¿La magia del árbol?... Mmm... —quería burlarse, pero se contuvo. Karol lo confundía. Hacía instantes parecía una joven mayor que él con sus reflexiones, y ahora hablaba de magia, como si fuera una chiquilla de seis años—. Ok. A ver… dime. ¿Cuál es?

—¡Será nuestro secreto! Cierra tus ojos —lo miró muy seria—. ¡Vamos! Ciérralos. Es la única forma de que funcione —juntó sus manos en forma de súplica. El joven aceptó y siguió la indicación—. Ahora… —siguió susurrando Karol—… respira hondo.

Los aromas que emanaban del árbol fueron llegando uno a uno al corazón de Ángel. Pino fresco, tierra mojada, galletas de jengibre, ponche caliente… abrazo, calidez, el regazo de su madre… Cada nuevo perfume que percibía daba vida a un recuerdo de sus primeras Navidades; y por primera vez en mucho tiempo, se sintió tranquilo y en paz. No supo bien cuánto tiempo pasó. Al abrir los ojos, Karol lo observaba con una sonrisa de oreja a oreja.

—La sentiste, ¿verdad? ¡Esa es la magia! ¡El secreto del árbol y de la vida! A veces es necesario detenerse un momento, cerrar los ojos y respirar profundo. Nada más, y todo lo que estés viviendo comenzará a tener sentido —lo tomó de la mano y empujó hacia el lugar donde estaba el coro. Ella extendió sus brazos y comenzó a girar al ritmo de sus propias carcajadas.

Ángel la observó atónito. Aquella niña con profundas ojeras y una fragilidad latente, estaba llena de luz. Pensó en su hermanito, en que toda una familia lo estuvo esperando y no pudo llegar, en cambio, todos estos niños del hogar, estaban aquí, en este mundo, sin nadie que quisiera recibirlos.

El sonido de un cuerpo al caer lo volvió a la realidad. Era Karol. Corrió hacia ella. La ayudó a ponerse de pie.

—No te preocupes. Es normal. Mareos. Siempre pasa. Dijo el doctor que ya basta de estos paseos y cosas, pero... —lo miró como burlándose de todo—. Si no es ahora, ¿cuándo?

Llegó la hora de la cena. La casa-hogar se había vestido de fiesta para esa noche tan especial. Karol fue la encargada de la llamada de campana, oficio que se disputaban semana a semana todos los niños de la casa. Se acercó a la entrada del comedor, tomó el cordel entre sus manos e intentó tocarla fuertemente. No lo logró. Se sentía cansada. Tía Helen la ayudó y dio intensidad al llamado para cenar. De inmediato, un grupo de niños atravesó las puertas. Gritos, risas y aplausos invadieron el comedor que lucía impecable, repleto de luces y adornos navideños.

—¡La cena está lista! —dijo la tía Helen y todos corrieron a sentarse alrededor de la mesa.

Ángel se ubicó en uno de los extremos. De inmediato Karol

corrió a su lado, esta vez llevando de la mano a un niño pequeño.

—Quiero que conozcas a Lucas, tiene cinco años, es muy parecido a ti, un poco tímido y enojón pero tiene una hermosa sonrisa —Ángel lo buscó con la mirada. El pequeño se había escondido detrás de Karol—. Es mi hermanito. Desde que llegó al hogar así lo he sentido.

Al ver que todos estaban sentados, la tía Helen les pidió que se tomaran de las manos. Karol tomó la mano de Lucas y la unió con la de Ángel, ambos se miraron y sonrieron con ternura.

—Padre Dios, te agradecemos por estos alimentos. Por aquellos que los hicieron posibles. En esta noche especial queremos pedirte que sigas bendiciendo a esta familia del corazón que Tú has formado. ¡Gracias por permitir que estemos juntos! Y te rogamos por aquellos que aún no encuentran ese espacio dónde poder sentirse seguros. Amén.

Ella estaba orgullosa de sus niños. Los miró, sonrió y dio la señal para comenzar a comer.

Karol no hizo mucho caso a Ángel durante la cena. Toda su atención fue para Lucas. Lo ayudaba a cortar los alimentos. Limpiaba su boca con la servilleta. Le servía el jugo. Llenaba de detalles al pequeño, parecía una mamá en miniatura.

La noche culminó con villancicos en la sala de arte y biblioteca. Karol al piano interpretando las notas de *Noche de paz* y todos los demás sentados alrededor de ella, sobre la alfombra.

—¡A dormir! ¡A dormir! Pronto llegará Santa y ninguno puede estar despierto —tía Helen comenzó a despedir a cada uno de los niños.

Karol tomó de la mano a Lucas para acompañarlo a su habitación. Antes de salir le dio un beso inesperado en la mejilla a Ángel y le susurro:

—*Noche de paz* es su canción favorita. Lo pone feliz y ¡yo soy feliz de haberte conocido! —Ángel se conmovió.

El joven se retiró al cuarto que le habían asignado. Era una oficina que a la vez servía como cuarto de huéspedes. Al entrar, observó su maleta al lado de un sofá-cama verde. Se dejó caer sobre él y le pareció el más cálido y confortable del mundo. Cerró los ojos y se quedó dormido.

Horas después, despertó y encendió la luz de su reloj de mano; eran las cuatro de la mañana. Miró hacia la puerta y un papel blanco llamó su atención, se acercó y encontró un mensaje:

Ángel:

Salí de emergencia al hospital que está junto al supermercado.

Espera en la casa-hogar hasta mi regreso.

Te quiere

tu tía Helen.

Hospital. Hospital. Hospital. ¡Odiaba esa palabra! Algo no estaba bien. Recordaba dónde quedaba el supermercado. Esta vez no aguardaría por malas noticias. Tomó su chaqueta, caminó hacia la puerta de entrada en puntillas de pie. En el sofá del recibidor dormía la cocinera. Lentamente agarró las llaves del gancho de la pared. Abrió la puerta. Y una vez fuera, corrió.

Hacía frío. Mucho frío. Pero la urgencia de saber qué pasaba parecía calentar todo su cuerpo. Le resultó sencillo encontrar el lugar. Una gran cruz roja iluminada resaltaba al lado del supermercado. Entró por urgencias y vio a su tía sentada, apretando con sus manos un gorro de colores.

—Ese gorro es de Karol… —su voz se quebró. Lo reconoció. Ella lo abrazó y comenzó a llorar—. ¿¡Qué le pasó!? ¿Dónde está? Dime que esta bien… Por favor, tía…

La mujer lo llevó del brazo hasta un pasillo lateral. Al final había una puerta con una pequeña ventana.

—Ve.

Ahí estaba ella, era difícil reconocerla sin su gorro y con su cabecita sin cabello, sus mejillas no tenían color.

—¡Ella sabía que vendrías! Sé fuerte, hijo… —dijo con tristeza la tía Helen y abrió la puerta.

Ángel se acercó y la pequeña abrió los ojos.

—¡Feliz Navidad, Ángel! —dijo con voz débil e hizo un esfuerzo por sonreír. Él la tomo de las manos pero no podía hablar. Karol continuó—: ¡Tú fuiste el mejor regalo en esta Navidad! —sonrío y se quedó dormida para siempre.

Los médicos entraron al escuchar el ruido de los aparatos. Ángel, aturdido, salió de la habitación. Corrió por el pasillo. En el camino se topó con su tía que intentó detenerlo. Él se liberó y siguió su marcha. Corrió, corrió con todas sus fuerzas. El frío del amanecer congelaba sus mejillas. No importaba. Una vez más había pasado. Una vez más se quedó solo.

Llegó a la casa-hogar, todos dormían aún. Caminó hacia el

comedor. Observó el árbol de Navidad que todavía tenía sus luces encendidas. Estaba repleto de regalos envueltos en papeles de diferentes colores y motivos. Los nombres de cada uno de los miembros de la casa estaban allí. Al acercarse, pudo leer el suyo en un sobre que descansaba entre dos ramas. Lo tomó. Era una carta.

Hola, Ángel:

No te hablé mucho de mi enfermedad, pero sé que te diste cuenta. Sabía que me quedaba poco tiempo y quería disfrutarlo, ni modo que te dijera: "Hola soy Karol, la chica enferma". (Aquí deberías reír).

Yo tenía tres años cuando mis padres me dejaron en la casa-hogar. Al poco tiempo, según me contó tía Helen, me diagnosticaron leucemia. Ella hizo todo lo posible por ayudarme, nunca se dio por vencida, pero la enfermedad fue más fuerte.

No quería quedarme en un hospital, quería estar en la casa-hogar porque aquí está mi familia. Te dije que era todo lo que necesitaba, pero no es verdad, me faltaba algo, un deseo: ver que Lucas fuera adoptado.

Estaba muy preocupada de que mi tiempo se agotara antes de que eso pasara, pero cuando te conocí, de inmediato supe que eras el indicado, lo vi en tus ojos.

Por un momento, pensé que Dios no me escuchaba; al conocerte descubrí que siempre lo hizo. Al igual, sé que te escuchó a ti…

Yo cuidaré de tu hermanito en el cielo, tú, por favor, cuida del mío aquí en la tierra.

Con amor por siempre,

Karol

Al terminar de leer la carta, Ángel cerró los ojos, se dejó caer junto al árbol y comenzó a llorar. Todo parecía una pesadilla de la que necesitaba despertar. "¿Por qué?", se preguntaba una y otra vez. De pronto, una brisa fresca lo envolvió. Levantó el rostro, cerró sus ojos y pudo percibir el aroma a pino fresco, tierra humeda, galletas de jengibre... y recordó: "A veces es necesario detenerse un momento, cerrar los ojos y respirar profundo. Nada más, y todo lo que estés viviendo comenzará a tener sentido".

Era la mañana de Navidad, Ángel y sus padres caminaron en silencio aún con sus pijamas puestas hacia la habitación que estaba al final del pasillo. Abrieron la puerta intentando no hacer ruido. Se acercaron a la cama. La mamá susurró al oído del pequeño.

—Feliz Navidad, mi pequeño Lucas.

El niño abrió los ojos y sonrió. Ángel se sentó de un salto en la cama y le extendió una pequeña caja de regalo.

—¡Feliz Navidad, hermano!

Lucas abrió el regalo. Era una bola de nieve de cristal, al sacudirla, la nieve cubría una pequeña cabaña que estaba junto a un árbol de Navidad. Al tocar el botón de encendido, la esfera se llenó de color por las luces, y una melodía comenzó a sonar. Era *Noche de paz*.

Ángel se inclinó hacia el niño. Lucas lo rodeó con sus bracitos y las lágrimas los envolvieron. Los padres se unieron al abrazo y, por primera vez en muchos años, se sintieron completos.

 **Denise Silva Alemán.** Soy psicóloga con especialidad en el área infantil, egresada de la Universidad Autónoma de Nuevo León. Actualmente vivo con mi esposo e hija en Monterrey, Nuevo León, México.

Mi filosofía de vida es: "Vive y sé feliz mientras dure tu viaje por la vida". Amo y aprovecho cada momento el mayor tesoro que Dios me ha dado (mi familia). Disfruto ver películas, me apasiona leer y expresar con palabras lo que me dictan los ojos, la mente y el corazón.

Rumbo alterno

Eduardo Burgos Ruidías

Mi visión se nubla. El destello de los faros de un vehículo me obliga a taparme los ojos. Parpadeo varias veces con la intención de atinarle a la cerradura. No sé cómo, pero estoy aquí, en la puerta de mi casa. Trato de dominar estos movimientos involuntarios que recorren mi cuerpo. Es tarde. No sé bien la hora pero es muy tarde. Logro abrir la puerta y entro sigiloso. El entorno se tambalea delante de mis ojos mientras que el piso se empecina en dar inestabilidad a mis pies. Ahí está ella, María. Me fulmina con una mirada. No comprendo bien su exasperación, agita los brazos, me señala y no deja de gritar. Esta mujer se está volviendo loca.

—¡Maldito! —cruza sus brazos y sigue con su discurso—, ¿dónde has estado? Saliste desde muy temprano a jugar con tus amigos, ¿y llegas después de las once de la noche a casa? ¡No me digas que a esta hora termina el encuentro deportivo del trabajo! —se acerca a mí, como si estuviera olfateándome y se aleja bruscamente—. ¡Es el colmo! ¿Estás borracho?

—Desearía… No me molestes. Solo fui por unas cervezas al bar con mis amigos. Además —se me dificulta articular las palabras—, tengo derecho. Trabajo como una mula toda la bendita semana y me merezco tan siquiera una tarde libre el viernes para poder salir y relajarme con todos mis compañeros…

Hablo tan rápido como me lo permiten los efectos del alcohol. Tengo que esforzarme para seguir la conversación. Parpadeo, enfoco la mirada. María parece tambalearse al compás de las paredes de la sala. Me concentro en mantenerme de pie bajo la luminaria amarilla que esa noche me parece más tenue que de costumbre.

—Hipócrita —recrimina ella. Odio esa palabra—. Entrégame las facturas y las medicinas de Esteban, después vete a buscar algún rincón para descansar, pero hazlo en silencio, no sea que lo despiertes. No te quiero esta noche en mi cama.

El movimiento a mi alrededor se detiene. ¡No he pagado los servicios ni comprado las medicinas para nuestro hijo! María se para amenazante a unos cuantos pasos frente a mí. No lo entiendo, el alcohol, capaz de maquillar el gesto agreste de amigos y desconocidos, parece desfigurar la expresión de mi esposa convirtiéndola en una imagen repulsiva.

—No trajiste las cosas, ¿verdad?

Me descubre. Mi rostro me delata.

—¡Y a mí qué me reclamas! —elevo mi voz. Necesito escapar de esa situación—. ¡Si era un asunto tan importante bien podías haberlo hecho tú!, ¡después de todo te la pasas el día completo en casa!

—Eres un irresponsable, Rolando. Los últimos meses, como esposo, has dejado mucho que desear.

No quiero seguir escuchando. Me dirijo a la puerta con la única intención de salir de mi supuesto hogar. María me rodea, parece dispuesta a detenerme. No me importa. La empujo con fuerza y me abro paso. Oigo un golpe seco en cuanto cae al piso. Una mancha color rojizo comienza a expandirse. La ignoro. Me detengo frente a la puerta. ¡Estoy harto de los problemas! Tengo ya suficientes en el trabajo como para aguantar más en mi propia casa. Merezco mi tiempo y mi espacio. La rabia me anuda la garganta y crispa los puños de tanta impotencia. Me ciego. No veo a María levantarse y no intento averiguar si lo consigue.

Salgo a la calle. Subo a mi automóvil y reviso mi celular. ¿Quién estará disponible a esta hora? Paso uno a uno los contactos... A... B... C... ¡Ya sé!

—¡Rolo...! ¿A qué se debe el milagro de tu llamada? ¡No me digas que por fin piensas pagarme los trescientos soles que me debes!

La voz de Ricardo suena eufórica incluso a través del celular, como siempre. Es un tipo despreocupado, "Vive el momento", como él dice. Desde la universidad ha sido así, y por eso abandonó la facultad de Administración. Yo, sin embargo, en mi afán por obtener un futuro mejor, terminé la carrera con gran esfuerzo solo para tener un trabajo mediocre y un matrimonio nauseabundo, que lo único valioso que me brinda es mi hijo.

—Te he dicho más de quinientas veces que mi nombre es Rolando —lo interrumpo—. No me molestes con tu maldito dinero. Necesito un trago.

—¿El padre de familia ejemplar me está invitando a beber? ¿Estás enfermo?

El recuerdo de la discusión con mi esposa hace algunos instantes está fresco en mi memoria. El alcohol se me está bajando y la imagen de María en el suelo amenaza mi conciencia. Necesito beber.

—En el bar, en media hora.

—¡Listo!

Cuarenta minutos después, llego al bar. El *rock* clásico del entorno invita a la relajación de los clientes transportándonos a remotos recuerdos de una juventud lejana, mientras que hermosas jovencitas sirven las mesas, dejando entrever sus torneadas siluetas. El olor a cigarro y a licor provoca una extraña sensación de comodidad en la que muchos de los comensales se camuflan para entretenerse con sus teléfonos celulares; mientras que la luz tenue coopera con el ambiente ciñéndolo de complicidad y reserva.

Me siento en la barra y pido una botella. Me aferro a ella, doy un trago y otro, y otro más. Las ideas en mi cabeza se aquietan. Justo lo que necesito. Observo a Ricardo chacotear y conversar con amigos y desconocidos, inventando anécdotas para mantener en vilo a su audiencia. Le hago señas para que me acompañe. Se despide del grupo y viene hacia mí con una botella en la mano.

—Te dije que tu vieja estaba loca, Rolo, pero no me hiciste caso. Mírame a mí —levanta la mano derecha como señal de triunfo—, ¡libre, soltero y sin rendirle cuentas a nadie! La pasábamos bien en la universidad, ¿verdad? Luego te casaste y tu vida se fue al demonio. Tu mujer debería entender que los hombres requerimos espacio, que tenemos ciertas necesidades —toma un vaso de licor y hace un guiño a una de las camareras—, ¿ves? Pero mírate. Apenas y estás despierto con solo una botella que traes encima…

No respondo. Mis sentidos no me obedecen. A mi alrededor todo se vuelve más lento, la música, las meseras, los clientes… Veo a Ricardo moverse pesadamente, agitando y alzando los brazos. En uno de esos arrebatos, golpea un vaso de cerveza que está en la barra, cae al suelo y se rompe en el acto, vertiendo el preciado líquido sobre el piso de cerámico rojo. El contraste de la cerveza derramada con los matices rojizos me recuerda la mancha que se expandía horas antes por debajo del cuerpo de mi esposa. ¿Sangre, acaso?, ¿María estará bien…? Sacudo mi cabeza para alejar esas ideas locas. Siento mis párpados más pesados. Me es casi imposible mantener los ojos abiertos. Todo se vuelve tenue, oscuro, muy oscuro.

Despierto. ¿Dónde estoy? Reconozco el cuarto de Ricardo. Me siento en el cuchitril. Frente a mí, su cama. Él ya se ha levantado.

Una dolorosa presión me molesta en el lado izquierdo del tórax.

—¡Buenos días! —Ricardo me pasa una taza de café—, bienvenido a mi palacio.

Lo único que tiene es un cuarto de un par de metros cuadrados con una limpieza deficiente y sin ningún tipo de orden.

—Hola —articulo con pesadez—, ¿cómo llegué aquí?

—A rastras —sonríe—. Tuve que traerte en hombros después de un par de botellas más. Te quedaste dormido en plena barra y tuve que pagar tu cuenta. Ahora me debes el doble.

—¿El doble?

Reviso mi billetera en busca de dinero pero solo encuentro mis documentos. De manera intempestiva un calor bochornoso aviva mis sentidos mientras que el aire se hace más pesado a mi alrededor. Una imagen me agobia. María. El suelo. La mancha roja.

—¡María!, ¿está bien? —interrogo a mi amigo esperando algo de paz.

—Relájate, Rolando... Esas viejas son inmortales. De seguro te está esperando en medio de la sala de tu casa para darte tu sermón de fin de semana.

Hago caso omiso de su tono sarcástico ante la premura de saber qué es lo que pasó anoche. Un mal presentimiento me oprime el pecho. Tomo mi celular y marco. Nada. Mi esposa no responde.

—Debo irme.

Me levanto y abro la puerta sin dar mayor explicación.

¿Es posible? ¿Son reales estas postales que mi mente dibuja? No logro recordar nada de anoche. Solo tengo esa imagen de mi esposa en el piso. ¿Puede el alcohol hacerme dibujar tal pesadilla?

No sé dónde están mi carro y las llaves, así que voy a pie hasta mi casa, son solo algunas cuadras. Ya es mediodía. Las calles se me hacen eternas. Me siento débil. Mi cabeza estalla. A cada paso intento recordar algo de anoche. Estas salidas de fin de semana me están resultando bastante caras; ahora ya no solo por el dinero gastado en los bares, sino más por las continuas faltas a mi esposa y recurrentes decepciones a mi hijo... Que esté bien, por favor... Que esté bien...

Sacudo mi cabeza y sigo caminando.

¡Me siento tan frustrado! ¡No es justo! ¡Yo también quiero divertirme de vez en cuando, salir con amigos y compartir recuerdos mientras mitigo las preocupaciones del trabajo y los problemas de la familia! En la empresa hay pocas oportunidades de crecimiento, un salario insuficiente y labores que no justifican los duros años pasados en la universidad. Llego a casa entrada la noche solo para escuchar requerimientos y reprimendas sobre mi poca presencia y escaso apoyo emocional a la familia. ¿Acaso no tengo derecho a un poco de oxígeno?

Otra vez la imagen: María en el suelo, un charco rojizo...

¡Que esté bien, por favor! ¿Y si no lo está? Tiene que estarlo. Sí, va a estarlo y yo aprovecharé la tarde para pagar los servicios pendientes y comprar las medicinas de mi hijo, aunque tenga que sobregirarme. Luego los llevaré a comer *pizza*. Sí. Va a estar bien.

¡Que esté bien, por favor!

Acelero el paso.

Llego a casa. Coloco la llave en la cerradura y desde adentro se apresuran a abrirme. Es Esteban, mi hijo. Luce muy mal.

—¡Papi! —me abraza efusivamente—, ¿viste a mamá en el hospital? ¿Te encontraste con mi tía?

"¿Hospital?", repito en mi interior. Un frío me recorre todo el cuerpo, no puedo articular palabra. María, el suelo, la mancha rojiza... Yo la dejé así... anoche.

—Mi tía Sofía dice que mi mami se cayó anoche mientras trataba de abrir la puerta —habla tan apresurado que se queda sin aire. Hace una pausa, respira hondo y continúa—: Yo estaba dormido; si no, la hubiera ayudado —sus ojos se vuelven vidriosos y baja la cabeza—. La llevó al hospital y regresó hoy temprano, tomó unas cosas de mamá y se volvió a ir. Me dijo que la espere para que me lleve a verla. Pero ya no aguanto... ¿Me llevas tú? —suelta el llanto—, anda, dime que sí...

—Claro que sí, hijo, vamos. No te culpes por nada. Yo tampoco pude ayudar a tu mamá anoche.

—¿No pudiste?, ¿dónde estabas?

Guardé silencio. ¿Cómo contarle? ¿Cómo decirle que bebí tanto que no recuerdo los detalles? ¿Que en lugar de regresar a ver si estaba bien, borré su imagen con más alcohol? ¿Cómo confesarle que su tía no dice la verdad para cubrirme, para evitar lastimarlo... para no decirle que su papá es el culpable?

Rumbo al hospital intento reprimir el llanto. La presión es demasiada. La culpa me oprime el pecho y las manos me sudan. Hago un gran esfuerzo por mantener mi respiración a un ritmo estable para que el niño no se dé cuenta de mi alteración.

¿Cómo pudo pasar? No se supone que un error cometido en un momento de debilidad me esté pasando una factura tan alta. No soy un mal hombre, trabajo como un burro por mi familia. Anoche solo quería divertirme y olvidarme un poco de los problemas. ¡Que esté bien, por favor!

Llegamos al hospital y pregunto en la recepción por la ubicación de mi esposa. Me informan que está en observación, nada alentador. Atravesamos el frío ambiente del hospital lo más rápido que podemos. El olor a desinfectante en los pasillos y los murmullos de los familiares en los exteriores de las salas dan un toque lúgubre al nosocomio. Al fin llegamos. Sofía espera en la parte exterior. Me mira con desprecio. No cabe duda de que se imagina qué es lo que pasó anoche.

—María sufrió una fractura en la cabeza ocasionada por un golpe fuerte —noto que se esfuerza por no agredirme—. Está inconsciente. Solo está permitido que permanezca un familiar —su voz suena a disparo—. Y ni te molestes, ya arreglé todo para quedarme y acompañarla. Esteban puede entrar a verla.

—Vamos, papi —interrumpe el niño.

—Papá tendrá que arreglar otros asuntos pendientes antes de poder ver a tu mamá —responde Sofía.

—Ve tú, hijo, apresúrate. Yo te alcanzo en seguida. Y tranquilo, que mamá estará bien —lo abrazo, beso su frente, intento que no note mi desesperación—. Yo voy a arreglar el papeleo del hospital y regreso.

Veo cómo se dirige a la sala de observación. Me quedo a solas con Sofía. No necesita decir nada. Entiendo que no tengo nada que hacer aquí.

Necesito espacio. Con la respiración agitada y las manos frías camino buscando la forma de serenarme y olvidar por unos instantes el torbellino que siento sobre mí. La idea de que algo pueda ocurrirle a mi esposa me aterra. La extraño. Mi estupidez me está apartando de mi ya descuidada familia. No encuentro cura para mi ansiedad y mi nerviosismo. ¿Y si pasa lo peor? ¿Perderé a María y finalmente a Esteban? ¿Acaso no es eso lo que había querido? Tengo miedo. Continúo caminando sin rumbo, deseando un calmante para mis problemas, cuando una voz estrepitosa interrumpe de manera súbita mi diálogo mental.

—¡Rolo!, ¿quién lo diría? Te fuiste sin despedirte y te encuentro sin avisar… ¿Es que acaso ya no saludas a los amigos?

La voz de Ricardo taladra mis oídos.

—No me molestes, Ricardo —respondo hoscamente—. Mi esposa está hospitalizada y tuve que dejar a mi hijo con su tía para que pudiera verla. Yo tengo restringido el acceso y su diagnóstico es incierto.

—¡Relájate, hombre! —me da un ligero golpe en la espalda—, lo que tú necesitas es un buen trago para tranquilizar esa cabeza. Venga, yo invito la cerveza.

El sabor de la malta se recrea en mi boca mientras imagino la espuma borboteando en un refrescante vaso de cerveza en mi mano. Titubeo. Imagino el delicioso amargor de la bebida en mi paladar junto con la tentación de escapar del mundo real una vez más. Relamo mis labios casi por instinto. Y me rindo.

—Solo un par de vasos… Lo necesito.

—¡Seguro! Yo mismo te sacaré del bar. Vamos, Rolo, te hará bien, pensarás más claro...

Llegamos al bar en unos pocos minutos. Una copa, y otra, y otra más.

Las horas pasan y sigo aquí, junto a Ricardo, dejando amansar el dolor en el pecho que me acompaña desde la mañana por la magia del entorno, el *rock*, la noche que cae, el humo y las muchachas.

Mi celular suena. Es un mensaje. Lo abro. Y todo se detiene. Dejo caer la botella que sostengo en mi mano en cuanto acabo de leer el texto.

—Rolo, ¿estás bien?

Tardo un par de segundos en responder.

—No. María ha muerto...

Llego corriendo a la Unidad de Observación del hospital donde me espera Sofía acompañada por un par de uniformados.

—¿María?, ¿qué pasó? ¿Está bien?

—Llévenselo, es él —Sofía me señala.

Los agentes me toman de los brazos.

—¡Suéltenme!, ¿están locos? ¡Conozco mis derechos! —tengo que esforzarme para articular mis palabras—. ¡Esteban! ¿Dónde está Esteban?

—Tu hijo sufrió un cuadro de hiperventilación —responde Sofía—, tuve que llevarlo al Departamento de Emergencias. No ha tomado sus medicinas desde hace dos días, ¿sabes? —cierra sus puños. Sé que, de no estar los guardias, me golpearía—. ¡Seguro que no! ¡Has estado muy ocupado entre bares y cantinas! ¡Ahora mismo apestas a licor!

—Tendrá que acompañarnos —dice uno de los uniformados—, hay cargos por homicidio en su contra.

Sus palabras confirman mis temores. ¡Maté a mi esposa! Mi cuerpo se rinde. Me dejo arrastrar por las autoridades hasta que me depositan en una de las celdas de la comisaría del sector. El dolor en mi pecho va en aumento mientras que tonos oscuros y claros alternan a lo largo de mi campo visual. Por fortuna estoy solo. La humedad y el olor a orina son penetrantes. Sonidos de roedores interrumpen el silencio reinante, y el reflejo del alumbrado de la calle proporcionan la única iluminación de este pequeño cuadrado que es mi celda.

—¿Rolando Tévez?

En la puerta se encuentra un guardia que pronuncia mi nombre con aspereza.

—Sí, soy yo.

La sucesión de impresiones fuertes parece haber mitigado los efectos del alcohol. El policía sostiene un fólder en su mano derecha, lo hojea y continúa su discurso con tono marcial.

—Hay cargos muy graves en su contra, señor, que van desde homicidio culposo hasta la pérdida de la patria potestad. Deberá permanecer detenido durante el tiempo que duren las primeras investigaciones. Mañana por la mañana podrá ver a su abogado, mientras tanto tiene derecho a una llamada para hacer alguna coordinación.

—¡Se han llevado mi teléfono! —protesto.

—No está permitido tener celulares en las celdas. Usará el teléfono público.

Me acompaña hasta el pasillo principal de acceso a las celdas. En el extremo se encuentra un antiguo teléfono público. A su lado un agente observa todos mis movimientos. El hombre está armado.

Marco con torpeza el número de Sofía. No hay respuesta.

—Maldición… —susurro.

Intento un par de veces más. Es inútil insistir.

El gendarme me acompaña de regreso a mi celda.

—Señor Tévez, la señora Sofía Huerta, hermana de la difunta, solicitó que se le haga presente que el entierro de su esposa se realizará el día de mañana por la tarde.

—¡Mañana! —me vuelvo a él, asombrado—. ¿Podré asistir?

—Me temo que no. En estas situaciones el periodo de detención mínimo es de veinticuatro horas. En el mejor de los casos, usted cumplirá ese tiempo hasta mañana por la noche.

—¡Pero es imposible!

—Lo siento.

Se retira cerrando la celda y la puerta del pasillo tras de sí.

Rompo a llorar. Es obvio que Sofía lo organizó todo para que no pueda estar presente en el entierro de su hermana. Ni ella ni su familia desean verme. ¡Pero María era mi esposa! ¡Tengo que despedirla! ¡Es injusto!... ¿Merezco esto? En el fondo la odio, pero me odio más a mí mismo. Odio mi vida, mi historia, mi estúpido trabajo y mi maldita debilidad frente al alcohol.

Cierro mis ojos. Aprieto los párpados con una fuerza inusual deseando ser abstraído de esa insulsa realidad. Y aparece el dolor, el inmenso dolor en el pecho. La presión en la parte izquierda de mi tórax se torna en un dolor punzocortante. Me alegro. Morir me da lo mismo y deseo estar muerto en este momento.

Ante mí aparecen nuevamente los colores claros y oscuros alternando vívida e ininterrumpidamente entre sí. Movimientos involuntarios ocurren una vez más a lo largo de todo mi cuerpo. El dolor se incrementa, estoy herido. Una punzada implacable me hace gritar. Me incorporo. Los contrastes y movimientos corporales desaparecen. Ya no estoy en mi celda, es un lugar diferente. Giro mi cabeza y veo mi reflejo en el espejo del estudio, estoy apoyado en el extremo inferior del escritorio. Sin guardias ni barrotes, solo con una herida en el pecho y junto a mí, en el suelo, un vaso roto con manchas de sangre. Mi sangre.

Me pongo de pie, voy al botiquín. Miro mi rostro en el espejo, en él se reflejan los efectos del alcohol y el mal dormir. Curo la herida; al parecer, dormí sobre el vaso roto.

Suena el celular, es un mensaje. Mi esposa.

"Salí con Esteban, no entramos a tu estudio a despedirnos, para no interrumpirte en tus balances financieros. Nos vemos en la tarde. Y no te preocupes por la medicina de Esteban, me llevo la receta para conseguirla. Un beso".

Sonrío. Recojo los restos de vidrio, limpio el reguero del suelo. Vuelve a sonar el teléfono. Otro mensaje, es Ricardo hostigándome por la deuda que tengo desde hace un par de semanas e insiste que nos veamos nuevamente en nuestro viejo punto de encuentro.

***

Sentado, silente y con la copa en la mesa observo los matices existentes en el bar. La luz tenue, el piso rojizo, el olor a cigarro y a licor; los susurros y gritos de los concurrentes, el *rock* suave y las guapas anfitrionas. Observo a Ricardo con sus gestos exagerados atrayendo la atención a diestra y siniestra. El dolor en el pecho ha disminuido gracias al calmante, pero de vez en cuando me vuelve una punzada; y con ella el recuerdo de la pesadilla más horrible que un hombre puede tener.

En la soledad de mi mente hilvano ideas. No ingiero el licor. Rodeo la copa con mis manos, la miro. Los recuerdos del pasado sueño me retraen de lanzarme a la aventura. En el fondo sé que mi presencia en ese bar y las citas frecuentes con el alcohol constituyen una amenaza de que se vuelque a la realidad.

La vida me pesa, es cierto; pero no estoy llegando a ninguna buena orilla. Para encontrar nuevas soluciones, tendré que tomar nuevas decisiones.

—Rolo…, ¿sigues con la misma copa? Anda, estás perdiendo el ritmo. ¿Es que acaso no piensas acompañarme en el brindis?

—No, por ahora no.

—Me lo debes… —Ricardo me mira extrañado.

El reloj del local marca las nueve de la noche. Sin darme cuenta llevo en el lugar poco más de dos horas. María podría reclamarme al llegar a casa, pero esta vez opto porque no pase a mayores.

Extraigo con pesar trescientos soles de mi billetera y los dejo sobre la mesa. Ricardo sonríe con un gesto contrariado. Me incorporo y le doy una ligera palmada en la espalda.

—Ahora ya no te debo nada, amigo…

Salgo caminando a casa.

Eduardo Burgos Ruidías. Nací en Piura, Perú, en 1986. Ingeniero químico de profesión, egresado de la Universidad Nacional de Piura. Soy un lector asiduo de Ciencias y Literatura en español e inglés, y acompaño mis sesiones de lectura con la práctica de la escritura libre.

ÍNDICE

Prólogo - Carlos Cuauhtémoc Sánchez 7

Alma Clara - Flory Vargas 11

15/17 - Wulfran Navarro 31

Un brillo entre penumbras - Karen Salas 47

Cinco retos para morir - Dhierich Jarwell 63

La chica de la sonrisa de nieve - Carlos Vesga 77

Las mecánicas del odio - Michel M. Merino 93

Origen - Karen Enríquez 107

Los colores del alma - Mari Cortés 127

Crónicas de Izhabelh - Manuel Alquisirez 145

Legado de amistad - Adriana Bartels 163

Adentrarse en Azul - Pau Treviño 177

Los secretos del tiempo - Leonela Gómez 191

Un invierno de colores - Denise Silva Alemán 211

Rumbo alterno - Eduardo Burgos Ruidías 227

Esta obra se terminó de imprimir en enero de 2019

en los talleres de Litográfica Ingramex, S.A. de C.V.

Centeno 162-1, Col. Granjas Esmeralda, Ciudad de México C.P. 09810

ESD 2e-7-7-0-M-3-01-19